Claudia Klischat

Der eine schläft, der andere wacht

Claudia Klischat

Der eine schläft, der andere wacht

Roman

C. H. Beck

| Gesetzt aus der Swift bei Fotosatz Amann, Aichstetten | Druck und Bindung: Pustet, Regensburg |Gedruckt auf säurefreiem, alterungsbeständigem Papier | (hergestellt aus chlorfrei gebleichtem Zellstoff) | Printed in Germany
ISBN 978 3 406 60542 0 *www.beck.de*

Für D. und alle Ava(s) hier und dort …

... höre ich deine Stimme immer noch, irgendwann, bis dahin, ganz deutlich. Du konntest stundenlang einem Vogelvieh nacheilen, bis es keinen Unterschied mehr zwischen dir und ihm gab. Mit ausgestreckten Armen über einem Abgrund balancierend, kochtest du mir Suppen, die nach Winter schmeckten.

Immer und immer wieder sehe ich es vor mir, wie du über eine Straße schreitest. Ich denke an eine Hochzeit. Denn du gehst, als träfest du am Ende der Straße auf einen Altar. Und jedesmal vermählst du dich mit einer Welt, die du noch nicht kennengelernt hast, die es vielleicht gar nicht gibt.

Ich denke: Ina.

So einfach kann ich es sagen. Das ist klar: Ich habe den Tod gefürchtet. Schon bevor ich an ihn dachte, stieg eine Furcht in mir auf. Ich bin gezwungen, mich ihm zu stellen.

Ich bin hin und fort, ich sage heute, ich sage gestern, ich denke: morgen; alles wird gut.

Allmählich setzt das Gedächtnis ein, mal laut, mal leise; schon vor der Abreise hätten wir uns verabschieden können. Genauer gesagt, steckten wir ständig in einem Abschied. Noch bevor wir uns begrüßten, sind wir mit einem Abschied beschäftigt gewesen. Der Tag beginnt, der Tag endet. So könnte man sagen. Aber das ist nur eine Nebensächlichkeit, dieser Gedanke, eine kleine, unbedeutende Verschwendung an ein Hirngespinst, ein Zustand, ein alltäglicher, ein Kommen und Gehen; Vergängliches ... Irgendwann hat Ina das einmal gesagt, laut und vernehmlich, hinter der Bar stehend, einen Mai Tai mixend.

Und der Kater auf ihrem Schoß, ein beruhigendes Bild. Es taucht immer wieder in mir auf; wie sie das weiße Fell des Katers berührt, zärtlich. Sie hat es oft gebürstet. Doch nun ist der Kater ausgetauscht, oder ich bin es, und weder der Kater noch ich bemerken es, noch sonst jemand.

Ina ist entschlafen. Ein schönes Wort. So hätte sie es ausgedrückt. Ein leiser, langer, nicht enden wollender Schlaf also.

Frühmorgens liegt Tau auf den Wiesen. Noch bevor ich die Augen öffne, höre ich Vogelgezwitscher. Mit dem Einsetzen der Kirchenglocke quäle ich mich aus dem Bett. Ein Ablauf muß beibehalten werden, wenn schon der Kater den seinen vergessen hat. Er geht seiner Wege. Normalerweise schmiegt er um diese Uhrzeit seinen Kopf an Inas Hals und schnurrt ihr ins Ohr. Aber Normalerweise gibt es nicht mehr; es heißt nun «damals, als ...» oder «früher, als wir noch dies und das ...», «ich erinnere». Jawohl, ein Erinnern, so nennt es sich jetzt, das Normalerweise, dies täglich Ablaufende, der Kaffeegeruch, der mir in die Nase stieg, wenn ich aus dem Bad kam und mich anzog. Die ersten Radionachrichten, Ina, verschwitzt vom Morgensport, auf der Terrasse stehend, auf dem Küchentresen eine Tasse Assam-Tee mit Milch. Tee für mich. Kaffee für Ina. Ich setze ihn morgens immer noch auf, drei Tassen, nur des Geruches wegen und wegen des Katers, in der Hoffnung, der Duft könne ihn aus einem seiner Verstecke locken. Aber der Kater trauert. Nicht etwa apathisch auf dem Sofa oder vor dem Ofen liegend, nein, seinem Temperament entsprechend zeigt sich seine Trauer in einer sprunghaften Raserei, in einem Gehetztsein, so, als fühle er sich verfolgt. Jedes Geräusch, auch das leiseste, nimmt er wahr. Manchmal beobachte ich, wie er sich in einem Gebüsch verschanzt oder über den Friedhof in der Nähe der Kapelle schleicht, tapsend, sich umblickend, als liefe jemand mit einem Kescher hinter ihm her. Oder ich erspähe ihn im Keller hinter dem Öltank. Ich komme nicht an ihn ran. Er entzieht sich, beißend, kratzend, sobald ich mich ihm nähere. Sein weißes Fell sollte in schwarze Tinte getaucht werden. So könnte jeder erkennen, wie es um ihn steht. Er ist abgemagert. Ich sorge mich. Abends stelle ich eine Schale mit Leckereien auf die Terrasse, meist eine Sorte Fisch. Gestern war es etwas von der Forelle, die ich zur Abendstunde aß. Ich legte den abgetrennten Fischkopf, nachdem ich die Gräten auf den Kompost geworfen hatte, neben seine Schale. Dort liegt er immer noch. Ich bilde mir ein, das tote Fischauge könne Wache halten, könne Ausschau halten und uns beschützen, mich und den Kater.

Die Blumen auf Inas Grab sind heute erstaunlich schön, ein roter Tulpenstrauß. Ich weiß nicht, ob Ina Tulpen mochte, darüber haben wir nie gesprochen, aber die orange Gerbera, die ich neben den Porzellanengel vor der Vase mit den Tulpen lege, die hätte sie gemocht. Ich bin mir sicher, daß die Tulpen von einem unserer Kunden aus der Bar sind. Ich tippe auf Hans-Dieter. Er war der einzige, der sich nicht am Trauergesteck der Stammgäste beteiligt hat.

Wenn die Sonne ein wenig höher stünde, könnte ich mir eine Pyramide vorstellen, ein Pharaonengrab, aber alles zu seiner Zeit. Vielleicht sollte ich bis zur Mittagsstunde hierbleiben, hier auf dem Friedhof, auf dem mitgebrachten Campingstuhl sitzen und warten.

Derweil möchte ich mit Ina in den Tod reisen.

Ich könnte Kürbisse auf Köpfe schlagen und die Kerne einsammeln. Eine KKK-Aktion, Kürbisse, Köpfe, Kerne.

Doch ich warte nicht auf dem Friedhof, bis die Sonne sich mir im rechten Winkel zeigt, denn dort, aus der Kapelle heraus, kommt der Pfarrer. Sein Gang ist behäbig. Er schleicht. Ich wünsche kein Gespräch. Von weitem nickt er, auch ich nicke. Als er auf mich zugeht, klappe ich den Campingstuhl zusammen und laufe den Berg hinab, durch die kleine Schneise Richtung Radweg, der zu unserem Haus führt. Dort lehne ich den Campingstuhl an die Regentonne. Über dem Kompost kreisen Fliegen. Der Fischkopf glotzt.

Ich laufe weiter.

Ins Café «Waldmann» kehre ich ein.

Der Ort: ein Dorf. Ich weiß, Ina. Ein Seitental, das von einem Haupttal abzweigt, zwanzig Kilometer entfernt eine Bergwand, nicht weit ein Hochgebirge. Entscheidend ist der Fluß, der Inn, und das Forstgut, dort hast du Ruhe gefunden, nicht? Vielleicht? Ich bin mir nicht sicher. Und die Menschen? Sagtest: Sie glauben an einen Gott und vergessen, sich selbst zu verzeihen. Harald Waldmann, der Konditor, hat seine Frau geschlagen, das erzählt man sich hier, derweil sieht er so vertrauenswürdig aus. Das Stück Sachertorte, das ich bestellt habe, aber nicht aufessen kann, läßt er mich nicht zahlen, auch der Milchkaffee geht aufs Haus; er weiß um meine finanzielle Lage. Ich denke: Vielen Dank. Ein Dankeschön, ein aufrichtiges, denke ich, aber es will nicht über meine Lippen hinaus. Ich sehe ihn an, Harald Waldmann, eins achtundsechzig klein. Ein kleiner Mann, dessen tiefe, kraftvolle Stimme nicht zu seinem Kleinwuchs paßt. Ich stiere mich an ihm fest; er sagt, schon gut. Es erleichtert mich, daß niemand fragt, wie es mir geht. Ein Gehen mit mir. Wie ich mit mir gehe, wie gehe ich mit mir um? Schreiten, eins nach dem anderen, ich stehe auf, gehe also, und weiß nicht, wie ich es finden soll: dies anständige, rücksichtsvolle Schweigen im Café. Ein Tod ist ein Tod ist ein Tod. Und jeden Tag könnte er vor der eigenen Tür stehen. Jeder nimmt also Anteil, weil ein jeder glaubt, es stünde vielleicht in der nächsten Sekunde ebenso um ihn. Dort der Frauentisch, die Bärbel, die Sandra und die Frau Obermaier, dort das Kind vom Konditor vor den Hausaufgaben. Es lächelt, als habe es sich das Lächeln von einem Erwachsenen abgeguckt.

Und dann, vor der Kuchenvitrine – ich stelle das Geschirr beiseite –, gerate ich in eine Plauderei mit einer Frau, die ich noch nie zuvor gesehen habe. Das Schönste, ja, das Schönste hier sind die Berge, und ja, die Luft, die Ruhe. Auch die Menschen sind freundlich und hilfsbereit. Seit zwei Tagen sei sie unterwegs, von einem Tal ins nächste habe sie sich geschleppt, kein Bus fuhr, untergekommen in der Pension «Bräuninger». Oh, ja, die Frau Bräuninger, ja, die kann zupacken, seit einigen Jahren hat sie Wasser in den Beinen; das Frühstück ist gut, natürlich, alles frisch, die Eier und die Milch, das Obst aus dem Garten. Jetzt wäre ein passender Moment, sich zu verabschieden. Der Small talk endet, aber sie bittet mich, Platz zu nehmen. Und erstaunlicherweise nehme ich Platz, sitze nun an ihrem Tisch. Sie führe einen Krieg mit ihrem Mann, sagt sie lachend. Ihr Lachen ist brutal, sie lacht, als wolle sie mir etwas beweisen. Ich sage, beruhige dich. Ja, das sage ich. Ich sage, Beruhigung, bitte, so, als würden wir uns schon eine halbe Ewigkeit kennen. Ich streiche über ihren Oberarm, sanft, anteilnehmend, denn immer noch lacht sie, gehässig und verzweifelt; und noch einmal sage ich, beruhige dich. Und gerade das ist so gar nicht mein Fall, eine Beruhigung auszusprechen, ich suche sie ja selbst. Doch obwohl ich sie suche, in mir und um mich herum, strahle ich sie aus, scheinbar, denn wenig später steht die Frau mit mir auf unserem Dachboden.

Wenn es dir recht ist, würde ich gerne eine Zeitlang bei dir bleiben, sagt sie.

Obwohl ich nicht sicher bin, wie es morgen um mich steht, ob ich einen Menschen im Haus ertragen kann, sage ich: Nur zu, Platz ist genug.

Es ist viel zu tun, füge ich hinzu.

Berge von vollgeschriebenem Papier. Kistenweise spukt Ina auf dem Dachboden. Auf dem Schreibtisch unter dem Fenster Briefpapier, Füllfederhalter, ein paar Bleistifte, Sätze: Über der Magengrube ein hüpfender Hohlmuskel. Wir hören die Schneeflocken krachen. Es kann nichts anderes als Winter sein. Es ist Winter. Wortfetzen, überall Wortfetzen auf irgendwelchen Papierschnipseln. Ich möchte sie Ariane, das ist der Name der Frau, so hat sie sich mir vorgestellt, in ihren wunderschönen Mund stopfen, so daß sie wenigstens für eine Sekunde mehr versteht als ich. Und hier und dort, sogar auf der Gästetoilette des Dachgeschosses: Wortfetzen, Papierschnipsel, Kritzeleien. Inas Arbeit. Man hätte sie mit ins Grab schmeißen sollen, aber ordentlich. So ordentlich, wie ich sie nun in die Mappe mit der Aufschrift «United King» lege. So kann sich irgend jemand irgendwann einmal fragen, wie das nun aussieht, eine Magengrube und darüber ein hüpfender Hohlmuskel.

Es kommt mir vor, als würde ich meine Tage schon seit Jahren mit diesen Papierschnipseln verbringen, ich ordne und verwalte sie, bilde mir ein, Ina sitze neben mir auf dem Sofa oder auf dem Küchenstuhl oder liege vor mir auf dem Parkett, den Kater im Schoß. Manche Notizen sind kaum zu entziffern; ich reime mir etwas zusammen. Manchmal erwache ich nachts und notiere dies und das, zerstreute Gedanken, so wie Ina es tat; eine Notiz, die irgendwo hinführen soll, ins Leben führen soll. Ina? Nicht wahr? Hineinschlittern ins Leben, mit den Wortfetzen, so etwas wie Winter spüren, auch den Sommer spüren, sich in das Glück reinschreiben oder in die gottverfluchte Auslöschung, wie der Japaner; wie war sein Name? Der sich die Haut vom Schädel zog. Das Foto des Japaners hing links neben Inas Schreibtisch an der Wand. Und rechts daneben das Sonnenblumenfeld, das ich in einer Art geistiger Umnachtung, sozusagen in einem nächtlichen Anflug von Übermut, wie ein Kind über Wochen auf eine Leinwand gepinselt hatte. Ich hätte diese meine Malerei einfach zu Ende bringen können, aber ich hatte die Lust verloren, und das Gelb hatte mich aufgebracht, und Ina hatte es schon lange aufgebracht, wie sie alles aufbrachte, was mir wichtig war, so kommt es mir vor.

Auch dies hat so gut wie keine Bedeutung: eine Leinwand, darauf ein Sonnenblumenfeld, ein Sonnenblumenfeld auf einem Dachboden. Ich könnte mich in das Feld hineinsetzen und aus ihm rausblicken. Ariane hätte ihre Freude dran. Sie könnte jetzt sagen, wir sind aufeinandergetroffen, weil wir nichts füreinander sein müssen, und das ist gut. Aber du könntest noch eine Weile deinen Mund öffnen, damit ich durch deine Kehle hindurch irgendwo ankomme.

Oder ich könnte sagen, jetzt, da auch Ariane auf das Sonnenblumenfeld sieht: Ina mochte es nicht, zuviel Gelb. (Augenblicklich möchte ich allein und ungestört sein.) Ich müßte sagen: Vielleicht nimmst du doch den nächsten Zug oder den übernächsten und fährst wieder dorthin, wo du hergekommen bist, aus einem Leben, das dir Sicherheit bot, einen Mann, ein Haus, eine Garage. Aber ich vermute, all das ist ihr egal, der Mann, das Haus, die Garage, so, als ob ein Stuhl zwischen ihnen stünde, oder eine Parkbank oder ein Hase. Und das ist nicht auf meinem Mist gewachsen, weder der Hase noch die Parkbank, noch der Stuhl. Ich möchte heulen und jemanden wie Ariane auf einen Weinberg mitschleppen, sie mit den Weintrauben zu Wein stampfen. Wenn es da nur eine Lösung gäbe. Wein trinken ...

Vielleicht müßte ich einen Anfang finden. Meinen? Inas? Unseren? So geradewegs zu einem Ende kommen.

Oder einen Weltenanfang. Etwas Allgemeingültiges.

Niemand gibt Anweisung, was zu tun ist in solch einer Lebenslage. Trauerrituale, Kerzen anzünden, ein Fürimmerabschied. Dazu gibt es keine Wissenschaft, nichts, woran oder worin man sich üben könnte. Vielleicht ein Großelternpaar aufsuchen, das noch lebt, sie mögen vieles schon hinter sich gelassen haben, Menschenverluste, Heimatverluste, sich selbst ein Verlust sein, gewesen sein ... Oder Brigitte, meine Kinder- und Jugendfreundin ...

Aber nein:

Meine Gedanken springen im Kreise. Ina und ich in einer Hängematte. Finger an Brustspitze. Und über uns Frühlingsgezwitscher, ein leiser Wind.

Eine Begegnung: dieser Tanz in einer Tangofabrik in Berlin.

Ina steht an einer Bar, hält Ausschau nach einem Körper, den sie zu führen verstünde, von dem sie geführt werden will. Sie trinkt einen schweren argentinischen Rotwein. Ihre Lippen, so vollmundig wie der Wein, der ihre Zähne färbt.

Sie mutet sich mir zu, von Anfang an, jawohl, ein Anfang:

Mir ist, als möchte ich morgen sterben, sagt sie, das steigt immer in mir auf, sobald ein Tanz wie dieser zu Ende geht.

Es ist die Romantik, die uns ab sofort begleitet und die uns nicht über uns hinaus sehen läßt. Sie will festgehalten werden, eingemauert, aus lauter Sorge, es gäbe ansonsten nichts, nur dieses: Du bist schön.

Später lesen wir gemeinsam ein paar Seiten aus den Tagebüchern von Kafka. Ich lausche einer getragenen Stimme, ein monotoner Singsang dringt in mich; ich vergesse alles um mich herum, die Uhrzeit, meine Müdigkeit, den morgigen Tag, meine Arbeit in der Versicherungsanstalt. Schiebe fort, lasse hinter mir, vergesse, und ein Herr Konrad besetzt meine Tage zu dieser Zeit am stärksten, vergesse auch ihn, meinen Konkurrenten, durch den ich mich, einen Monat später, gedrängt fühlen werde, zu kündigen. Die Arbeitskleidung Kostüm um Kostüm in den Altkleidercontainer werfend, fühle ich mich in Jeans und Norwegerpullovern wieder eins mit mir.

Dann spreche ich es aus, schlage vor, sage: Mir ist die Stadt zu stickig, ich würde gern auf ein Land ziehen.

Ina sagt, du meinst, aufs Land ziehen. Sie lacht. Auf ein Land ziehen höre sich lustig an.

Na ja, sage ich, ich meine, abgeschieden eben, in Stille, ich stelle mir ein Haus vor, weitab von einer Nachbarschaft.

Du sagtest, beim Tango habt ihr euch kennengelernt, höre ich nun Ariane, die ein paar Fotos von Ina in der Hand hält, auf denen Ina in einem schwarzen Hosenanzug mit einem schwarzen Herrenhut auf dem Kopf in die Kamera sieht.

Sie sah gut aus, sagt Ariane.

Sie sieht gut aus, sage ich, das ist ein Foto, und dieses Foto ist und bleibt.

Mein Tonfall erschreckt.

Ja, sagt Ariane, das Foto bleibt, aber Ina ist tot, und nichts wird sie mehr lebendig machen. Der Tod kommt immer auf leisen Sohlen. Ich bin ihn schon gestorben. Hast du jemals den Faden verloren? An nur einem einzigen Tag? Ich habe mich schon oft neu geschaffen, schon sehr früh, schon als Kind, in der Kirche. Den Rock habe ich über die Hüfte hochgeschoben und mich ins Weihwasser gesetzt. Die schlimmste Sünde, die ich je begangen habe. Danach war nichts mehr, wie vorher. Ich war neun Jahre alt. Meine Eltern fürchteten mich. Der Tod ist grenzenlos hinterlistig und Gott auch.

Laß das, sage ich, ich habe es nicht so mit Gott, jedenfalls ist er mir bisher noch nicht erschienen, weder hinterlistig noch sonstwie.

Du täuschst dich, sagt sie, du lebst auf dieser Erde und hast ihn in dir. Diese Verweltlichung Gottes hast du in deinen Eingeweiden wie den Kapitalismus, mit dem du aufgewachsen bist. All das hat sich in dein Hirn geschlichen, ohne daß du es bemerkt hast.

Ich höre ...

Dann sage ich: Gut, dann stecke ich eben in Raum und Zeit fest wie ein Raubtier in einem Kistenkäfig.

Schön ausgedrückt, sagt Ariane.

Und ich könnte schon wieder aus der Haut fahren; jeder ihrer Sätze beleidigt mich, und jeden Satz, den sie äußert, könnte ich zertrümmern, weil ich ihn unpassend und unüberlegt finde. Ich sollte sie bitten zu gehen, aber sie schmiegt sich an den Kater, und der Kater mag sie, denn seit sie da ist, kehrt er öfter nach Hause zurück. Er frißt wieder – und er ruht.

In den darauffolgenden Tagen spricht Ariane weniger. Sie hat sich auf mein Tempo eingependelt. Jedes Gespräch, das wir führen, steuere ich. Ich beginne und beende es.

Gestern bat ich sie, Inas Morgenmantel zu tragen. Ein Versuch, sagte ich, mich zu erinnern. Obwohl Ariane die Farbe nicht mag, ein helles, verwaschenes Lila, zog sie ihn mir zuliebe an. Es bewegte sich nichts in mir, keine weitere Erinnerung, die in mir aufsteigen wollte. An Ariane sah der Morgenmantel lächerlich aus, er war ihr viel zu klein. Ariane ist etwa zwei Köpfe größer, als Ina es war.

Besser, du ziehst ihn wieder aus, sagte ich.

Zeit verging, vergeht

Jeder Tag gleicht dem anderen. Keine Explosionen, kein plötzlicher Zusammenbruch, von dem aus ich wieder, so stelle ich es mir vor, aufsteigen könnte. Ich befinde mich in einem gleichbleibenden, dumpfen Schmerz, der nicht einmal nach Alkohol schreit, obwohl ich jeden Abend die Bar öffne. Während ich ein Bier ums andere ausschenke, ab und an einen Cocktail mixe, telefoniert Ariane mit ihrem Mann. Mal ist sie beruhigt, mal aufgewühlt, mal resigniert nach so einem Wortaustausch. Dieser Mann ist wie tot, sagt sie, der ist so unaufgeregt wie ein Stück Holz. Wenn er doch nur mal einen Ton von sich geben könnte, der an mich gerichtet wäre. Und ich beziehe alles auf mich, und ich denke: Mag sich der Tod doch einfach einmal aufregen; einen Ton wenigstens könnte er von sich geben. So eine grausame Stille in mir, und die Gäste, alle sorgen sich. Ich müßte, das rät man mir, hier Hans-Dieter, dort Hans-Peter, den Zapfhahn zudrehen und mich in eine Hängematte legen, mir, wie die alten Griechen, bis zum Anschlag den Bauch vollstopfen. Ein Hoch auf Sokrates. Oder in einer Höhle liegen, bis sich die Erinnerungen erinnert haben: Ina auf den Langlaufski, Ina an der Bushaltestelle, unfähig, eine Fahrkarte zu kaufen, weil das Geld nicht reicht. Und der Gerichtsvollzieher vor der Tür, Ina halbnackt, sauber vom Morgenbad, die Brust ist zu sehen, «was kann ich für sie tun», kein Besitz, nur die Wortschnipsel auf Papierfetzen, eine Bar, die Pacht, ein Kredit, alles Weitere ein andermal, vielleicht den Laptop, vielleicht mich; unbezahlbar. Der Gerichtsvollzieher bringt seinen Tag in Laune und entschleicht mit einem Lächeln. Und dann diese gottverdammte Müdigkeit in Ina. Traumwandlerisch schon am Morgen. «Küss mir die Füße, sonst halt ich den Gestank von dazumal nicht aus». Aus der Vergangenheit herausgeschlüpft und immer noch keine Ruhe, den Vater töten, auch die Mutter töten und kein freudiges Auge. Ina! Wenn du dich doch nur vollgestopft hättest mit irgendwelchen Tabletten oder aufgeschlitzt oder erhängt, dann hätte man einen Grund, dich verantwortlich zu machen, aber dieses Wegdämmern und Nicht-mehr-Aufwachen in einem gottgepriesenen Krankenhausbett, so unerwartet. Ich weiß ja nicht.

Und wenn sich die Erinnerungen wie Küken aus Eiern schälen würden, und wenn sich der Bierschaum aus dem Zapfhahn in einen Rosenkranz verwandeln würde, auch dann hätte der Konjunktiv keinen Sinn. Wer sich den nur hat einfallen lassen. Das fragt sich hier niemand, da der Zapfhahn weiterhin Bier spuckt und die Augen der Gäste immer noch an meinem Kehlkopf kleben, als könnte dort auch irgendwann mal ein Adamsapfel hervorspringen; so, wie ich das Bier stemme, müßte mir grad einer wachsen. Und ein Gast schreit: Auf das Weib, daß es uns noch lang erhalten bleibe. Ich möchte Hemingway lesen oder eine der wunderbaren Puccini-Opern hören, mich an eine Tragödie verlieren, die nicht mir gehört.

Eine Handlung beginnt mit einer Handlung, die wiederum mit einer Handlung beginnt, selbst im Schlaf atemlos, ohne Atem, völlig falsch im Griff, im Begriff. Atemstöße, ständige Atemstöße, und jede Bewegung immer vorwärts, jetzt die Zitrone im Glas, jetzt über den Tresen geschoben diesen flüssigen Betäubungsmist, Wodka Orange, auch den meine Herren, oder Schnaps; und den ganzen Dreck wieder in die Toilettenschüssel gepisst, auch gut. Wir handeln weiter, hangeln uns fort, die Gastfreundschaft, hier, der Gast und ich; ein Abschiedsgruß, und der Tag fängt die Lieder ein, auch meines, womöglich auch meines.

Ina hat es nie gerne gemocht, wenn ich durch die Straßen zog wie jetzt, himmelwärts der Kopf, und gurrte wie eine Taube, von der ich mir wünschte, sie würde auf meinen Kopf kacken. Das sei pervers.

Ariane hat die Tauben im Kindesalter aufgescheucht und mit einer Wasserpistole auf das verschreckte Federvieh geschossen. Die Wasserpistole war rot.

Da ist ihre Aufgabe: Ihr Mann. Das Haus. Die Garage. Ein geplantes Kind. Die Auszeit sei vorüber, sagt sie. Sie trage Hoffnung in sich. Der Mann sei zu Friedensverhandlungen bereit. Er habe einen Urlaub geplant. Die Karriere ein wenig stillstehen lassen. Die Aktien an der Börse fallen und steigen ohne ihn. Ariane ist, als sie loszieht, in einen hellen Trenchcoat gehüllt. Sie ist guter Dinge. Sie fährt gen Norden, hoch zur Küste; ich bleibe im Süden.

Alles wird gut, sagt sie, steigt in den Zug, und ich vergesse jetzt schon, wie es kam, daß sie mit mir auf unserem Dachboden gestanden hatte. Ich versuche, erleichtert zu sein, als ich wieder nur mit mir und in mir bin; kein Auge, das auf mich gerichtet ist, kein Außen.

Dann, am Abend, ihr Anruf: Liebe, du solltest die Schlösser austauschen. Man kann nie wissen, wer den Haustürschlüssel von Ina bei sich trägt.

Ja, ich vergaß, der war spurlos verschwunden, seit Ina sich davongestohlen hat. Zehn Tage lang in einem Krankenhausbett; keine Sorge, hieß es, ein Schwächezustand, eine Magenverstimmung, eine Infusion, ein paar Tage, und die Patientin ist wieder fit wie ein Turnschuh, eine junge Patientin schließlich, siebenundzwanzig Jahre. Und dann, zwei Tage später: eine Bauchspeicheldrüsenentzündung, dann die Lunge, dann das Herz. So dämmerte sie dahin; eine Patientin, die zur Gesundung nichts beitrug, hieß es später. Sie hat kein Wort gesprochen, geschwiegen, als gefiele ihr der Zustand, ein Ausnahmezustand, der nichts von ihr forderte, außer zu schlafen und zu dämmern.

Danke, sage ich, daß du daran denkst, aber der Schlüssel ist wiederaufgetaucht. Ein Gast hat ihn in der Bar vorbeigebracht. Es ist gut. Alles bestens.

Ich höre noch: Wann kommst du mich besuchen, eine gute Luft ist hier an der Küste.

Dann werden wir unterbrochen, ein Rauschen, ein Knakken, so, als ziehe jemand am Telefonkabel, um es um das Haus zu legen.

Ich sehe den Kater auf der Terrasse. Er nähert sich seinem Freßnapf.

Als ich die Tür öffne, huscht er davon.

An diesem Abend versuche ich, noch ein paar Anrufe zu tätigen, Geschäftliches, Spirituosen müssen bestellt werden. Das war Inas Aufgabe, das Bezahlen der Lieferanten, der Reinigungskräfte, die Bestellung von Partysnacks, Salzstangen, Erdnüssen, Käsewürfeln, dazu Oliven. Ich suche lange nach der Nummer der Brauerei, die uns beliefert. Ich finde sie oben auf dem Dachboden, auf einem Zettel, der in einer Klarsichtfolie steckt; dort stehen auch alle anderen wichtigen Telefonnummern, die des Glasers, des Milchmannes, der Reinigungsfirma, des Versicherungsmannes Dr. Dr. Erich Berger etc. etc. Alles übersichtlich und nach Alphabet geordnet. Ich wähle die Nummer der Brauerei. Das Telefon macht keinen Mucks, die Verbindung ist gekappt. Ich kontrolliere das Telefonkabel, ziehe den Stecker aus der Buchse, schiebe ihn wieder rein, probiere es erneut, vergeblich. Als ich zu meinem Handy greife, fällt mir ein, daß ich den Vertrag gekündigt habe, ein Partnerschaftsvertrag, der Werbeslogan: *eins und eins macht eins*. Wir hatten den Vertrag abgeschlossen, um Kosten zu sparen. Nach Inas Beerdigung kündigte ich ihn; wie es aussieht, werde ich mich an keinen dieser Mobilfunkhalsabschneider binden. Ich entscheide mich für eine Telefonkarte. Somit behalte ich die Kosten für Kommunikation im Blick.

Ich müßte runter ins Dorf, mich um die Telefonkarte kümmern, oder ganz altmodisch eine Telefonzelle aufsuchen oder einen der Nachbarn um sein Telefon bitten, aber die Müdigkeit; ich könnte im Stehen einschlafen, obwohl es erst fünfzehn Uhr ist, keine angemessene Zeit, um schon ins Bett zu gehen.

Morgen wird auch noch ein Tag kommen. Morgen werde ich mich um alles kümmern: um die Handykarte, den Grabstein, der bezahlt werden muß, die Dankespost für die Beileidsschreiben aus der Nachbarschaft und von den Verwandten, ein paar Ordner kaufen gehen, um angefallene Rechnungen und Versicherungsschreiben abzuheften etc. etc. Die Liste der Erledigungen will nicht enden; ich lege sie beiseite und stiere aus dem Fenster, raus in die Weite, zum Waldanfang. Ich denke an den Wald, an des Katers Traurigkeit und wünschte, ich könnte mich ihm mitteilen. Ich würde sagen, weißt du, mir ist, als stünde Ina gleich morgen wieder in der Tür. Sie war verreist, würde ich sagen, wie Ariane hat sie einen Abstand gebraucht; nun steht sie in der Tür, unsicher, aber tatkräftig, sie sagt: Hallo, hier bin ich wieder, ich habe uns ein paar Hühner mitgebracht, so müssen wir frühmorgens nicht mehr zum Bauern, Eier besorgen gehen. Und stell dir vor, im Preis inbegriffen war der Hahn. Ein Schnäppchen. Das sollten wir feiern.

Der Kater würde auf dem Sims lauern, dann zum Angriff übergehen; die Hühner aufgescheucht, der Hahn kreischend auf der Terrasse, Ina und ich vor einem Glas Prosecco. Später, im angetrunkenen Zustand, schlägt sie mir vor, fortzugehen, nichts sei weniger inspirierend für ihre Schreibkunst als dieses Kaff hier. Das Örtliche hier schnüre ihr die Eingeweide ab, ihr schwebe eine andere Landschaft vor, keine

Großstadt, aber ein Ort, an dem Wasser rauscht, Olivenbäume wachsen oder Pinien, die Toskana beispielsweise.

Der Kater wäre ganz Ohr, instinktiv würde er um sein gewohntes Revier fürchten, so wie ich; in diesem Moment wären wir eins, der Kater und ich. Ich könnte mir nicht vorstellen, irgendwo neu anzufangen. Die Bar. Der Wald. In naher Ferne das Gebirge. Wir stehen am Anfang mit allem; der Kredit, der erst in fünf Jahren abbezahlt ist. Und so stiere ich aus dem Fenster, und ich erinnere mich, das war der letzte Abend vor Inas Magenverstimmung: das Hin und Fort, das mir Unmögliche, die Streiterei bis in die Morgenstunden, der Verdacht, sie würde mich nun hängenlassen mit der angezettelten Zukunft hier. Was ist die am schlimmsten beleidigende Vermutung in der Gegenwart? ... Du liebst mich nicht mehr. Demgemäß das Quietschen der Tür, die auf den Dachboden führt, gefolgt vom Zuknallen ...

Von da an sind sechs Wochen vergangen.

Eine Krankheit. Ein Krankenhausaufenthalt. Eine Beerdigung.

Und jetzt:

Etwas kehrt immer wieder, ein Traum: Ein Lungenflügel, in einer Pfanne liegend, ein Koch, der ihn brät. Es ist Inas Lungenflügel, der verspeist werden wird.

Der Schlaf wirke heilsam, sagt man.

Zeit vergeht

Ostersonntag versteckte ich ein paar Eier, Ostermontag suchte ich sie. Es waren acht an der Zahl, ich hatte sie gekauft – sie lagen in einem Osternest –. Ich erinnerte mich haargenau daran, wo ich sie versteckt hatte, alle einzeln, aber an keiner der Stellen war eins von ihnen. Ich verdächtigte den Kater, dann die Kinder aus dem Dorf, die mit ihren Familien Ostermontag hier oben spazierengegangen waren.

In der Woche nach Ostern schließe ich vorübergehend die Bar. Man hat Verständnis. Hans-Dieter lädt mich zu einem Gartenfest ein, man müsse einmal wieder ungezwungen sprechen, über dies und jenes plaudern. Das Leben gehe weiter. Eine neue Familie, die Naes, mit zwei kleinen Kindern, einem Mädchen und einem Jungen, etwa sieben und zehn Jahre alt, sei an den Ortsanfang gezogen, in das Haus vom Gruber, der, nach dem Tod seiner Frau, mit Sack und Pack nach Norwegen ausgewandert sei. Die Neuen kämen aus München, die Kinder hätten sich dort schulisch schwergetan, die Frau habe schon lang mit etwas Ruhigerem geliebäugelt. Die Naes kämen auch am Donnerstag.

Hans-Dieter: Und du? Du kommst doch?!

Ich: Mal sehen, wie mir Donnerstag zumute ist.

Hans-Dieter: Wir schaffen das schon.

Ich: Was hast du damit zu tun?

Hans-Dieter: Ich bin euer Schutzengel, schon vergessen?

Doch so kommt es:

Ich spreche niemanden, das Gartenfest habe ich schlicht vergessen; abgesehen davon schaffe ich es seit Tagen, nein, seit Wochen, nicht aus dem Haus. Der Kater ist auch seit langem verschwunden; weder sehe ich ihn auf der Wiese noch in den Wald hinein- oder aus ihm heraustapsen. Ab und an wandern ein paar Spaziergänger den Gehweg rüber zur Kapelle, aber niemand taucht auf und klingelt an der

Haustür, niemand, der nach dem Rechten sieht. Das ist gut. Oder etwa nicht? Ich weiß es nicht. Ich habe keine Ahnung, über wen ich mich freuen könnte. Ich suche Mäuse und rette sie vor des Katers Lust zu morden.

Ich bin mir nicht sicher, wieviel Zeit seit meiner letzten Notiz vergangen ist. Die Ereignisse sind mal näher, mal ferner, mal glaube ich hier niemals rauszufinden (aus dem Dorf), mal bin ich schon lange draußen. Mal ist alles bedeutend, mal ist es unbedeutend; die Realitäten verschieben sich. Mal könnte jemand sagen, du bist ein Roß, stehst in der Steppe, weit und breit kein Wasser in Sicht; ich würde es glauben. Oder jemand würde mir mitteilen, daß auch Amerika nun zu Europa gehört, die Sowjetunion noch nie existiert hat, alles würde ich glauben oder annehmen, wie die Tatsache, daß ich gerne gebratene Leber esse.

Die letzte Nachricht, um 20:15 Uhr auf ARD, die ich empfangen konnte: Der Irak soll befreit werden, der amerikanische Präsident schäumt vor Überzeugung und Tatkraft. Deutschland bleibt eisern, distanziert sich, stellt keine Truppen; die Engländer marschieren mit. Ich erinnere: Ich bin großer Hoffnung, bin überzeugt, im richtigen Land zu leben; ein kurzer Moment in mir, der sagt, auf, jetzt! Ich trete vors Haus, atme tief und ausgiebig, die Luft so klar und wach, ich wach, ein kurzer Moment: Morgen werde ich die Bettdecke aufschütteln, sie aus dem Fenster hängen, alte Gewohnheiten zurückgewinnen, das mit dem Telefon regeln, Hans-Dieter besuchen, die Bar wieder öffnen, die hier der einzige Ort ist, an dem man auch Cocktails verzehren kann, an dem ab und an ein Fremder auftaucht, sich Urlauber gern des Abends hinbewegen, wenn sie keine Lust auf

Schweinshaxen und Bier haben. Aber der Moment ist eine Welle, die bricht. Nur wenig später kehrt der Schmerz wieder, beim Anblick der Kaktee, die in der Küche auf der Fensterbank steht, daneben ein kleines, eingerahmtes Foto von Ina. Und ich gestehe, das war auch der erste Moment, in dem ich dachte, den Ort verlassen zu müssen. Ein Neuanfang irgendwo. Vielleicht Richtung Norden, zur Küste, die Bar einpacken, den Kater suchen und im Kofferraum verstauen, das Haus anzünden, Inas Wortfetzen verbrennen, die Versicherung übers Ohr hauen; eine Betrügerei aus Notwehr, kam mir in den Sinn, ins Auto steigen und weg.

Wenn ich zurückverfolge, was geschehen ist, seit der letzten Nachricht auf ARD und dem Vorgestrigen und Gestrigen, den damaligen Tagen, finde ich keine Erklärung.

Nachts hatte ich wieder diesen Traum: der Lungenflügel in der Pfanne. Der Koch. Das erste Mal jedoch sah ich Ina auf einer Schaukel, sie lächelte und winkte. Ich trat näher, wollte sie berühren, griff aber durch sie hindurch. Morgens dachte ich an die Erdbeerschnitten, die sie so gern gegessen hatte. Mit dem Auto ist die Konditorei fünf Minuten von unserem Haus entfernt. Ich werde mich dort also einmal wieder zeigen, eine Erdbeerschnitte essen, dachte ich, und anschließend den Supermarkt aufsuchen. Die Vorräte waren so gut wie aufgebraucht nach diesen Wochen. Auch im Keller nichts mehr, keine einzige Packung Nudeln, kein Saft, kein Wein und kein Marmeladenglas. Das Telefon funktionierte immer noch nicht, und seit diesem Morgen war der Empfang sowohl für das Radio als auch der für den Fernseher gestört. Ich zog meine Schuhe an, suchte nach meiner Jacke, die nicht auf dem Bügel an der Garderobe hing, sondern in der Wäschetrommel lag. Ich trat vor das Haus, ein Schauer lief mir den Rücken hinab, erst kalt, dann kochendheiß; ich schwitzte, obwohl ein starker, kühler Wind blies. Der Kater saß seelenruhig vor dem Wagen und sah zu mir herüber, als wolle er sagen, da bin ich wieder, los, komm, ich warte.

Ich zog die Haustür zu.

Als ich die Wagentür öffnete, sprang der Kater auf den Beifahrersitz. Eine tote Maus lag auf dem Kiesweg.

Wir fuhren den Berg hinunter, zwei Kurven, dann das Ortsschild: «Bergwald willkommen», an der Tankstelle vorbei, rechts, links, geradeaus und wieder links.

Von weitem, auf dem Parkplatz vor dem «Waldmann», sah um diese Jahreszeit alles wie gewohnt aus: die beiden Kirschbäume neben dem Café, die Stühle davor, besetzt von Anwohnern, plaudernd, einander zuhörend, die Morgenzeitung lesend, frühjahrsgestimmt. Ich sah, im Auto sitzend, die Bedienung mit einem Tablett in der Hand aus dem Café kommen. Ein lautes Hundebellen erschreckte sie, das Tablett fiel ihr aus den Händen. Zwei Gäste sprangen auf, einer davon schlug den Schäferhund unter dem Tisch. Dieser Gast war Hans-Peter. Ich erkannte ihn an seinem Tirolerhut, den er stolz trug, den er immer auf dieselbe Art und Weise in der Bar auf den Tresen legte, mürrisch, die Augen verdrehend, während er uns darauf aufmerksam machte, daß doch wirklich ein Kleiderständer, ein Haken oder ähnliches fehlen würde in unserer Bar. Wohin mit der Garderobe? fragte er bei jedem Besuch. Hans-Peter also, der seinen Hund schlug; vier oder fünf Schläge zählte ich. Von weitem, ich hatte das Auto abgesperrt, der Kater blieb sitzen. Noch während ich das Auto absperrte, etwa fünfzig Meter vom Eingang des Cafés entfernt, schrie ich Hans-Peter an, du Hirnochse, schrie ich, laß den armen Hund in Ruhe! Ich erkannte meine Stimme nicht wieder, so kraftvoll, aber viel zu hoch. Ich wartete auf Hans-Peters: Hornochse, auf seinen Kommentar, nicht Hirnochse, sondern Hornochse, ein klitzekleiner Unterschied; ein Horn ist kein Hirn, so erklärte es Hans-Peter ein ums andere Mal, doch jetzt reagierte er nicht. Er schlug noch einmal auf seinen Hund ein, Hirnochse, hörte ich mich erneut, und Ina: Wir haben hier einen sprachlichen Freibrief, sprich, wie du willst, sprich, wie dir der Schnabel gewachsen ist, wir sind und bleiben fremd. Der sprachliche Freibrief bleibt uns lebenslang, sollten wir uns entscheiden, hierzubleiben. Aber Ina hatte ihn gar nicht gebraucht, den sprachlichen Freibrief, Ina hatte sich dahingehend nichts erlaubt, Ina hatte kaum ein Wort gesprochen.

So hieß es in der Beerdigungsrede des Pfarrers: Ich kenne kaum einen Menschen, der so wenig sprach und so viel mitteilte, schillernd wie ein Riesenfisch in allen Farben ...

Lange fragte ich mich, ob es richtig war, Ina an diesem Ort zu begraben. War das in ihrem Sinn, oder vielmehr das Beste für mich, sie da zu wissen, wo auch ich war? – Oder da, wo ich glaubte, sein zu wollen? Auf diesem Hügel. In diesem Haus. Mit diesen Menschen. Womöglich hatte sich Ina nur mir zuliebe für diesen Ort entschieden. Womöglich hätte ich auf sie hören sollen, womöglich konnte sie sich hier nicht entfalten, ihren Ton nicht finden. Der meinige Ton, so behauptete sie, müsse nicht gefunden werden, er sei immer schon dagewesen, egal, an welchem Ort, egal, auf welchem Kontinent.

Ihr Ton sei der Ton unzumutbarer Stimmungen.

Stimmungen, die von außen kämen:

Unter einem Baum, hinter einer Scheune, auf einem Feld, auf einer belebten, menschenüberfüllten Straße, ein Martinshorn, Stadtlichter, ein Vater, eine Mutter, Stimmungen in einem Wohnzimmer, einem Familienwohnzimmer.

Ina hinter der Wand.

Ina ein Kind.

Während ich auf Hans-Peter zuging, auf das Café zuging, fiel mir eines von Inas Gedichten ein:

FREUNDLICHERWEISE LIEBEN ES DIE KARPFEN

über meiner schulter mehrere
kilogramm u. kilogramm schwere
u. ein gestank von gestern als ich
an das aquarium dachte was
sind doch diese kleinen fische
schön schob sich des vaters hand unter
mein hemdchen küßte ich
den schönsten fisch gib mir
einen blick gib mir
ein lächeln freundlicherweise
gab es freundliche fische erschrockene
gesten u. geöffnete mäuler freundlicherweise
gibt es meine fausthandschuhe ein morgen
u. tote blicke über meine schulter.

Natürlich hätte ich mich wundern müssen, schon da vor dem Café, als ich, aufgelöst wegen des geschlagenen Hundes, vor Hans-Peter stand, ihn ansprach. Findest du das toll, zu schlagen, es gibt eine Tierseele, sagte ich; und Hans-Peter versteinerte, augenblicklich, urplötzlich. Ich hatte kaum das Wort an ihn gerichtet, da rührte er sich nicht mehr, kein Wimpernschlag, nichts. Er hielt die Leine in der einen Hand, und die andere Hand lag auf einer Zigarettenschachtel, ein sitzender Erstarrter mit offenem Mund und Blick unter den Tisch, so, als habe er kurz vorher etwas gesagt zu dem Hund, der mich nun ansah und gestreichelt werden wollte. Aber ich drehte mich erschrocken zum Nachbartisch. Dort saß Werner, Hans-Dieters Sohn. Ich begrüßte ihn, ich sagte, Hallo, Werner; doch auch er saß plötzlich, das Tagblatt vor das Gesicht haltend, versteinert da. Im Aschenbecher qualmte seine Zigarette. Ich sah wieder zu Hans-Peter, pustete ihm ins Gesicht, doch er reagierte nicht. Dann riß ich Werner das Tagblatt aus der Hand; aber auch er behielt seine Haltung bei, links und rechts zwischen seinen Fingern nun Zeitungspapier, so stark hatte ich daran gezogen. Das Tagblatt war entzwei. Wenn das ein Scherz sein soll, dachte ich, dann ist es ein recht schlechter. Die beiden erinnerten mich an Wachsfiguren oder an diese Straßenkünstler, die sich nur dann bewegen, wenn man sie, ein Geldstück in einen Koffer oder einen auf dem Boden liegenden Hut werfend, dazu animiert. Aber all das war kein Scherz. Keine neue verrückte Idee von Werner, kein Experiment wie das im Jahr zuvor, als er Flugblätter verteilte, auf denen stand: Morgen werde ich die Metzgerei vom Schmidt anzünden. Er hatte die Warnung an jedem Haus angebracht. Und tatsächlich, am nächsten Tag waren sie alle in Habt acht, von morgens bis abends, vor der Metzgerei wartend. Werner kam gegen siebzehn Uhr hinzu. Auf euch ist Verlaß, immer noch, ich wußte es, sagte er, gab jedem die Hand, ging in den Laden, kaufte drei Rindersteaks und fuhr zu uns hinauf. Ina und ich fragten Werner, der an diesem Tag mit uns meinen einunddreißigsten Geburtstag feierte, was die Einheimischen dazu bewegen konnte, dort, vor der Metzgerei, stundenlang eisern zu verharren, mitsamt dem Polizeiwachmann Gerhard Stöllinger. Werner mußte nicht überlegen. Stolz sagte er: Ich bin der Zündlerwerner. Als Kind habe er während einer Sitzung des Schieß- und Bogenvereins das Vereinshaus in Brand gesetzt, ein halbes Jahr später dann ein Feuer vor dem Schulgebäude gelegt. Auch das elterliche Heim habe er angezündet; das Feuer dort sei aber nicht ausgebrochen, nur zwei, drei Regale in der Garage seien dabei draufgegangen. Als er älter geworden sei, ein paar Jahre in München im Internat habe verbringen müssen, habe der Drang, Feuer zu legen, nachgelassen. Drei oder vier Psychologen hätten sich an ihm die Zähne ausgebissen. Die Einheimischen sind gute Leut, sagte er; niemand habe ihn je deswegen ausgestoßen oder verprügelt, man habe sich damals zusammengetan und beschlossen, daß es sich bei Werners Zündellust um eine krankhafte Fehlstellung in seinem Gehirn handelte. Seine Eltern seien bedauert und er über Monate beobachtet worden. Die Gemeinde habe sich mit der Beaufsichtigung abgewechselt, man habe zusammengehalten und Werner vor sich selbst geschützt. Und trotzdem, trotz des liebevollen, allseitigen Umgangs, habe er immer eingreifen wollen, etwas aufrütteln wollen, kämpfen habe er wollen, Revolutionen anzetteln, die Ruhe stören. Bekämpfen. Ausräuchern.

Um ihn aufzuscheuchen, in Bewegung zu bringen, jetzt, vor dem Café, sagte ich: Zündlerwerner, es brennt.

Ich wußte, daß ihn schon lange niemand mehr so genannt hatte, ihn, den Zündlerwerner vom Hans-Dieter.

Aber nichts tat sich, keine Regung.

Ich betrat das Café. Ich versuchte, Hans-Peter und Werner nicht aus den Augen zu lassen, ging rückwärts, setzte einen Fuß hinter den anderen – und übersah die Kartons, die vor der Ladentheke standen. Das Gleichgewicht verlierend versuchte ich gegenzusteuern, versuchte, meinen Schritt wieder nach vorn zu richten, vergebens. Im Fall, mein Körper sackte zu Boden, knickte ich mit dem rechten Fuß um, mein rechter Knöchel schmerzte. Ich sah hilfesuchend in alle Richtungen. Hinter der Ladentheke gab die Bedienung etwas in die Kasse ein. Harald schaute ihr über die Schulter. Ich sagte, Mist, und noch einmal sagte ich, Mist, und dann: zwei weitere Wachsfiguren. Ich humpelte zu ihnen, zwickte sowohl Harald als auch die Bedienung in die Hüfte; ich schubste, boxte, schlug. Schließlich schrie ich, denn auf was ich da schlug und in was ich da versuchte hineinzuzwikken, das war leblos, die Oberfläche porös. Ich fragte mich, was das sei, und vermutete: Gasbeton. Ein kalkhaltiges Gemisch, ein mineralischer Baustoff also, auf der Grundlage von Kalk. So fühlte ich nichts Lebendes und Warmes, kein Stück Haut oder Muskel, auch nicht, nachdem ich Haralds Kittel und sein Hemd aufgeknöpft, das Unterhemd hochgezogen hatte. Nichts, da war nichts, nichts, was menschlicher Substanz glich. Sogar der Versuch, Harald Brusthaare auszureißen, war vergebens; ich zog an seinen Kopfhaaren, vergebens. Dann griff ich ins Haar der Bedienung; sie trug eine Perücke, die ich nun überrascht in Händen hielt. Und erst jetzt registrierte ich, daß an den Tischen im Innenbereich des Cafés noch drei weitere Menschen saßen, auch sie versteinert. Einer hatte ein Taschentuch in der Hand; eine Kaffeetasse lag auf dem Boden, und der Kaffee tropfte vom Tisch. Der Mann, der jenem gegenübergesessen hatte, stand erschrocken im Raum. Sein Stuhl war umgefallen; über seine Arbeitshose, die Spuren weißer Wandfarbe trug, war Kaffee gelaufen, der aus Versehen oder absichtlich verschüttet worden war. Er sah an sich herab auf seinen Hosenlatz. Ich nahm an, daß es der Handwerker vom Bräuninger war. Von dem wußte ich, daß er ein unzuverlässiger, geradezu unverschämter, wie Hans Bräuninger vor ein paar Wochen an der Bar gesagte hatte, Schweinehund war. Hans hatte ihn wegen des Hausumbaus engagiert, aber er kam und ging, hatte Hans gesagt, wann er wollte, und pausierte mehr, als er arbeitete. Vermutlich hatten Hans und er gerade eine lautstarke Auseinandersetzung gehabt. Nach dem, was ich über die Arbeitsmoral des Handwerkers wußte, hatte der Hans ihm sicherlich gerade eben, also, kurz bevor beide erstarrten, den Auftrag gekündigt. Weiter vermutete ich, daß sich das nicht ohne des Handwerkers Widerstand abgespielt hatte. Der junge Mann in der Arbeitshose wird sich auf seinen Vertrag berufen haben, und Hans hatte dafür sicherlich nur ein müdes Lächeln übrig gehabt, und so hatte wohl eines zum anderen geführt, bis Hans, in Rage geraten, mit einer Hand an die Kaffeetasse gestoßen war. Die Perücke der Bedienung in der Hand und in der Annahme, daß die arme Frau wahrscheinlich inmitten einer Chemotherapie steckte und bedauerlicherweise auch noch sehr jung war – ihren Namen erinnerte ich leider nicht, ich hatte sie erst zwei- oder dreimal gesehen –, humpelte ich an den Kartons vorbei zu Hans und dem Handwerker. Am Nebentisch saß noch eine Frau. Es war Susanne, die in ihrer Jugend unglücklich in Werner verliebt gewesen war. Ich setzte mich neben sie auf den Stuhl und atmete tief ein und aus. Mir war schwindlig, und ich roch meinen eigenen Schweiß, ein Geruch, den ich kenne. Sobald mich etwas ängstigt, beginnt dieses Schwitzen, wie vor einer Prüfungsaufgabe; meine Hände waren feucht, ich zitterte. Ich sah zu Susanne und hoffte, sie würde durch ein Augenzwinkern oder ein Lächeln oder irgendeine andere körperliche Regung dem Spuk ein Ende bereiten. Ich griff nach der Serviette auf ihrem Schoß, um mich zu schneuzen, doch die war festgewachsen an ihrem Hosenrock, dessen Farbe, ein knalliges Gelb, nur ihr stand. Nur Susanne konnte solch unerträglich häßliche Farben elegant tragen. Dazu steckte sie in einer hellblauen Bluse, und um ihren Hals hing ein Amulett. Ich sah auf das Kreuzworträtsel, mit dem sie beschäftigt gewesen war, bevor, also bevor auch sie von diesem Spuk befallen wurde. Der Kugelschreiber aus dem Café, es war dieser rote mit der Aufschrift «Waldmann», den wir, Ina und ich, daheim zuhauf herumliegen haben, klemmte in ihrer linken Faust. Ich wußte nicht, daß Susanne Linkshänderin war. Seltsamerweise dachte ich darüber nach; als ob es von Wichtigkeit gewesen wäre, mir eine Erklärung hätte liefern können für das, was hier vor sich ging. Die ersten beiden Buchstaben eines Musikinstrumentes mit fünf Buchstaben, ein G und ein E, hatte sie noch in die Felder eingetragen, Geige, hatte sie schreiben wollen. Weil ich den Kugelschreiber, der in ihrer Hand steckte, nicht an mich nehmen konnte, denn auch dieser war ja festgewachsen an ihr, nahm ich den meinigen aus der Innentasche meines Mantels und setzte die restlichen Buchstaben, das I, das G, das E, in die leeren Felder.

Komm schon, sagte ich zu Susanne, was ist mit der anstehenden Gemeinderatswahl, für die sich Hans-Peter hat aufstellen lassen? Sorgst du dich noch wegen des Ausbaues der Bundesstraße? Wie viele LKW hast du gezählt, die an deinem Haus seither vorbeigefahren sind? Wie steht es mit der Pacht der Bräuningers? Müssen sie ihre Pension schließen? Und wer kümmert sich um die diesjährige Maifeier?

Ich weiß nicht mehr, wie lange ich dasaß, eine Dorfanekdote nach der anderen von mir gab, einen Tratsch nach dem anderen, und Fragen stellte. Alles hätte sie mir beantworten können; Susanne hatte alles im Überblick, alles, was das Dorf, was den Landkreis betraf. Ich schlug auf sie ein, flehte, aber nichts half.

Plötzlich fiel mir Hans-Dieter ein. Er war es, der sagte, er sei mein, er sei unser, Inas und mein Schutzengel. Was auch immer er darunter verstand, er würde eine Erklärung haben, dachte ich, eine Erklärung, weshalb mein Bewußtsein derartiges ausspuckte. All das wird sich in einem Paralleluniversum abgespielt haben, dachte ich, es ist ein Wachtraum. Ich war zu lange ohne einen Menschen, habe die Tage mit mir allein verbracht, mehr schlafend als munter. Ich raffte mich auf, wobei ich, an der Cafétür stehend, mich einige Male umdrehte, hoffend, einen Atemzug zu vernehmen, ein Wort, eine Regung, ein lautes Lachen, ein Halleluja; doch nichts tat sich. Draußen saßen immer noch die beiden Gestalten, und unter dem Tisch lag der Hund. Ich machte ihn von der Leine los. Er lief davon. Ich rief ihm noch hinterher, er solle warten, pfiff nach ihm, aber er verschwand. Lange Zeit später erst traf ich wieder auf ihn.

Obwohl mein Knöchel angeschwollen, eine Verstauchung sichtbar war, spürte ich keinen Schmerz. Ich fühlte mich körperlos, ähnlich wie in jener Nacht, als das Krankenhaus angerufen hatte, um mir mitzuteilen, daß Ina verstorben sei. Auch da hatte ich meinen Körper nicht gespürt. Hätte man ihn in eine Gefriertruhe gelegt, ich hätte weder die Kälte noch das darauffolgende Einfrieren gespürt. Ein Schockzustand also, der sich in übertriebenem Aktionismus, in Wachheit, zeigt und, im anderen Extrem, in einer Todesstarre, ohne Aussicht auf Verwandlung.

Im Auto saß der Kater immer noch aufrecht und stierte aus dem Fenster. Bevor ich einstieg, hatte ich Angst, auch ihn habe es erwischt. Und wie aus dem Nichts durchbohrte mich ein von dem Moment an Immerwiederkehrendes: ein Gefühl oder ein Gedanke, ganz gleich, ob das eine oder das andere; etwas fragte sich in mir, ob ich ihr denn, ob ich Ina jemals habe nahekommen können. All diese Versuche der letzten Wochen, sie mir zurückzuholen anhand dieser und jener Erinnerung, und die Frage, ob sie jemals mit diesem Ort in Freundschaft hätte sein können, waren unwichtig geworden; so sehr fühlte ich nun diese Wahrhaftigkeit, die Tatsache, daß Ina immer da war. Und wie sie da war! Für mich. Aber nie sind wir richtig zusammengewesen. Ich war es, die nicht zu ihr gefunden hatte, nicht und nicht und nicht. Heimatlos war sie geblieben mit mir, heimatlos, am heimatlosesten. Das schien jetzt die einzige Antwort auf die letzten Wochen zu sein. Warum fiel es mir nur so schwer, mich zu erinnern? Ariane hatte gesagt, wenn die Erinnerung einsetzt, läßt du Ina gehen; dann wiederum hatte sie gesagt, die Erinnerung ist das einzige, was sie dir lebendig sein läßt.

Ich dachte: ... nicht zu ihr gefunden ... immer wieder ... nicht zu ihr gefunden ... nirgendwo hingefunden ... nicht und nicht

Ich gab der Zeit, dem Gestern, dem Zustand der Welt, der Welt überhaupt, die Schuld.

Ich war an die Bar gekettet, an den Gast, an einen nur aus meinem Tun heraus möglichen Lebenserfolg.

Ina an meiner Seite, rechts oder links, immer ein Stück hinter mir?

War es das? War das ihr Unglücklichsein? Ihr ruhiges Schweigen Tage um Tage. Aber da war doch noch? Ein Anfang war doch da? Die Stunde davor. Ein Tango. Eine Tangofabrik in Berlin.

Ich muß aufrichtig mit mir sein, dachte ich im Auto sitzend, dem Kater fast die Luft abdrehend, aufrichtig, mir ins Gesicht sehen. Ich dachte: Einlassen, mich eingelassen mit Leib und Seele, habe ich das überhaupt jemals? Weiß man das jemals, ob es geschieht, ob es geschah, das Einlassen? Ein modernes Wort, ein neumodisches, wie Hans-Peter sagen würde, neumodisch wie das Wort Abgrenzen. Grenzen Sie sich doch einmal ab, um zu sich zu kommen ...

Abgegrenzt habe ich mich fürwahr, Ina
Und über dem Magen ein hüpfender Hohlmuskel
Nicht wahr?

Nach meinem festen Griff in des Katers Nacken sprang er auf die Rückbank.

Spring nur, spring nur, sagte ich, weiter, los, spring!

Und ich sah mich auf einer Parkbank sitzen, neben mir Ina mit einer Zigarettenspitze zwischen den Fingern und ihre Stimme in meinem Ohr.

Es geht gut, sagte sie, ein guter Tag heute.

sing

du verbeugst dich
wehrlos vor dem unaufhaltsamen
ich sage *das muß doch nicht sein*

u. verlangst ich soll über dich springen
ein bocksprung wie in der schule verlangt
wir standen in reihe an
ein jeder setzte einzeln zum lauf an
einer blieb schon auf der strecke stehn
andere warfen den bock um
viele kamen hinüber
manche machten eine besondere figur beim sprung
aber ich sag dir *der*
der nicht sprang
sang in der nächsten stunde
am schönsten lieder

Die schönsten Lieder also. Der Kater sprang zurück auf den Beifahrersitz.

Als ich schon fast am Bergweg war, dort, wo Hans-Dieter wohnte, kam mir das Geschehen im «Waldmann» noch mehr wie ein Traum vor. Gleich würde ich aufwachen, in vertrauter, gewohnter Umgebung, dort im Haus, das ich seit Wochen nicht verlassen hatte, gleich würde ich Inas Lungenflügel sehen, in einer Pfanne liegend, gleich, dachte ich. Träume tun dir nichts, sie sind Zeichen, verschlüsselte Zustandsbeschreibungen. Am Maibaum, gegenüber der Metzgerei, drehte ich wieder um und fuhr noch einmal zum Café. Schon beim Einbiegen auf den Parkplatz konnte ich erkennen, daß sowohl Werner als auch Hans-Peter immer noch in derselben Haltung dort plaziert waren, genauso wie vor wenigen Minuten. Ich fuhr nicht näher heran, wendete wieder, und etwas später klingelte ich an Hans-Dieters Haus. Niemand öffnete. Ich ging durchs Gartentor ums Haus herum. Im Garten standen zwei Biertische, darauf: Salatschüsseln, verschmutzte Pappteller, leere Bierflaschen und volle Aschenbecher. Auf dem Grill neben der Scheune lagen Fleisch und Würstchen. Es war gefeiert worden. Als ich mich der Scheune näherte, die offenstand, sah ich Hans-Dieters Frau, Gudrun, die mir den Rücken zuwandte. Sie fluchte. Eines der Fahrräder in der Scheune war umgefallen. Ich rief, ohje, ohje, warte ... stell dir vor, was geschehen ist, ist Hans-Dieter da? Sie drehte sich nicht um. Das Fahrrad wieder aufstellend, verharrte sie in einer gebückten Position. Ich begriff: Auch sie würde sich ab sofort keinen Millimeter mehr bewegen.

Der eine schläft, der andere wacht, das ist der Lauf der Welt

Eine Verszeile, wieder eine Verszeile in mir. Sie stand auf einem von Inas Schmierzetteln, nein, auf einem Bierdeckel, den sie vollgekritzelt und den Ariane zwischen zwei Büchern auf dem Dachboden gefunden hatte. Mit dem Satz im Kopf drehte ich mich um, sah zum Haus, sah Hans-Dieter in einem blaugestreiften Schlafanzug auf die Terrasse treten. Ich stand etwa zehn Meter von ihm entfernt. Ich wagte nicht, ein Wort an ihn zu richten. Kein: Hallo. Kein: Hier bin ich. Ich verhielt mich ganz still, stand beinah wie angewachsen auf dem Rasen hinter den Biertischen, beinah genauso eingefroren wie Gudrun in der Scheune. Ich war über jede Bewegung erfreut, die Hans-Dieter machte, seinen Gang – er ging die Terrasse auf und ab. Tat gut, ihn so zu sehen; ein Bär, dachte ich, obwohl ich ihn oft ermahnt hatte, vielleicht doch ein paar Kilo abzunehmen, der Gesundheit wegen. Seine Bewegungsabläufe hatte ich vor diesem Tag eher bedenklich, nein, geradezu abstoßend gefunden. Nun waren sie mir ein Trost, diese Schwerfälligkeit, die Glieder, die bei jeder Bewegung ein lautes, angestrengtes Seufzen von sich gaben. Ich wußte, daß er sich eine Zigarette anzünden, sich in den Gartenstuhl setzen würde, sobald er Feuer gefunden hätte. Und zugleich wußte ich auch, daß er mich nicht sah, nicht wahrnahm. Der Garten war nicht groß, und wie gesagt, stand ich höchstens zehn Meter von ihm entfernt. Ich ahnte, würde ich ihn ansprechen, er würde ebenfalls versteinern, wie alle anderen bisher, die ich angesprochen oder auf mich aufmerksam gemacht hatte. Ich drehte mich noch einmal zu Gudrun und überlegte, ob ich es ein letztes Mal wagen sollte, hallo zu sagen, ob ich, wie geht's, fragen sollte.

Sollte: Ich sollte mir das nicht antun. Ich sollte ihm das nicht antun. Ich sollte verschwinden. Ich sollte ihn in Ruhe lassen. Sollte ich!

Aber ich mußte. Ich konnte nicht anders.

Ich fragte: Du suchst Feuer?

Während ich fragte, ging ich ein paar Schritte auf ihn zu.

Ich sagte: Stopp, stopp! Nein!

Denn nun stand er da, da, auf der Terrasse, wie ein Fels in die Weite blickend, über den Garten hinaus aufs Feld zum Windrad.

Der Preis ist heiß, sagte ich, stand jetzt einen halben Meter vor ihm; erinnerst du dich, der letzte Abend in der Bar mit Ina?

Sie hatte über Stunden mit keinem Gast gesprochen, nur Bestellungen aufgenommen, Getränke ausgegeben, kassiert, nicht einmal einen guten Nachhauseweg gewünscht, und plötzlich, Hans-Dieter war von der Toilette gekommen ...

Komm schon, sagte ich, du erinnerst dich.

Ich rief:

DER PREIS IST HEISS

Ich sag ihr den Preis doch dann
fragt sie noch nach diesem jenem
auch da fragt sie nach dem Preis
den ich ihr sag galant lächle ich sie
an mein Gott hat sie schöne Lippen
so sanfte Augen die flehend fragen
ob es nicht möglich wäre nur für sie
sie hätte heute nicht so viel Geld
bei sich zieht etwas ihren Rock
hoch sah aus wie ganz aus Versehen
meine Hände zittern verschränkt
hinterm Rücken die eine hält die
andere sie sagt noch sie würde ja
auch mal wieder kommen der
derbe Geruch ihres Parfums läßt
mich nur schwer erwidern *nein*
wir sind ein anständiges Restaurant
bitte verlassen Sie dieses so ist mein
einziger Gast gegangen ich denke
an den Hunger von Kellnern und
Kellnerinnen meine Hände zittern
noch vom vielen Kaffee um munter
zu bleiben.

Hans-Dieter zog damals seine Brieftasche hervor. Auf die Rückseite einer Tankrechnung schrieb er das Gedicht. Ina wiederholte und wiederholte es, weil Hans-Dieter zu dieser späten Stunde kaum noch den Kugelschreiber halten und nur langsam Wort um Wort aufnehmen konnte. Er war der letzte Gast, und wie immer, wenn er einen ganzen Abend am Tresen gesessen hatte, hatte er etwa acht Bier in sich und eine Handvoll Schnäpse.

Weißt du nicht mehr, sagte ich, du hast das Gedicht Gudrun zu ihrem fünfundfünfzigsten Geburtstag geschenkt, später haben wir es auf einen silberfarbenen Pappkarton geschrieben, es einrahmen lassen und in die Bar gehängt. Das war Werners Idee gewesen.

Heute öffne ich die Bar wieder, sagte ich; gleich nachher seh' ich nach, ob alles in Ordnung ist. Ich werde die Brauerei anrufen, Bier bestellen.

Ich fing an, den Biertisch abzuräumen, als hätte ich, wie eh und je, den Abend zuvor mitgefeiert. Ich ging in die Scheune, um einen Eimer zu holen, sah in Gudruns schmerzverzerrtes Gesicht. Womöglich hatte sie sich beim Bücken einen Nerv eingeklemmt. Die Arbeit in der Gärtnerei tat ihr schon lange nicht mehr gut; das stundenlange Auf-den-Beinen-Stehen und der Bandscheibenvorfall vor gut einem Jahr. Ohje, ohje, sagte ich, du sollst doch vorsichtig mit dir sein. Ich werde den Tisch säubern und die Spülmaschine anstellen, fügte ich hinzu. In den Eimer tat ich alle Essensreste von den Tellern, auch das Fleisch und die Würste vom Grill. Die Pappteller schmiß ich in den blauen Müllsack, der am Gartenzaun hing. Die leeren Bierflaschen stellte ich in die Bierkästen auf der Terrasse, und die benutzten Gläser brachte ich in die Küche. Ich schaltete die Spülmaschine ein, griff nach einem Lappen, um den Biertisch abzuwischen. Anschließend ging ich zu Hans-Dieter. Dort stehend, fragte ich mich, ob er Gudrun noch liebte; das hätte ich ihn gerne einmal gefragt. Von Gudrun wußte ich, daß die Luft raus war, wie sie es nannte. Ein halbes Leben lang, was soll man machen, da geht einem schon mal die Luft aus für den anderen, hatte sie auf Inas Beerdigung gesagt. Wäre Werner nicht gewesen, sie hätte ein anderes Leben gewählt.

Ich dachte an eine Drehscheibe, auf der kein Werner lag, Gudruns Lebensdrehscheibe ohne Werner. Eine Drehscheibe ohne Ina. Ich glaube, hatte ich vor dem Leichenschmauskuchen sitzend gesagt, wenn Ina noch wäre, hier neben mir sitzen würde, würde ich heute ein anderes Gesicht tragen. (Dieser verfluchte Konjunktiv!)

Weitere Notizen folgten, nach diesem Morgen, nach diesem Mittag, nach diesem Tag: bin heute dreimal ins Café gefahren, alles wie gehabt; Werner, Hans-Peter, Harald, Susanne, der Bräuninger mit dem Handwerker. Kuchenstücke aus der Vitrine entnommen, nicht bezahlt. Auch Gudrun und Hans-Dieter wie gehabt. Gudrun aus der Scheune gehoben, fiel erstaunlich leicht, Körpergewicht ca. 22 Kilogramm. (Schätzte sie im lebendigen Zustand auf 76 Kilogramm.) Liegt nun wie ein Käfer auf dem Rasen. Dem Kater geht es besser.

Ein paar Stunden war ich dann damit beschäftigt, einige der Gestalten in die Höhe zu heben. Ihr Gewicht unterschied sich nicht voneinander. Alle wogen sie, und das prüfte ich mit Gudruns Digitalwaage, die ich aus ihrem Badezimmer holte, exakt 22,27 Kilogramm. Die Überlegung, sie aufzuschneiden, gegebenenfalls aufzuhämmern, um zu sehen, ob da etwas in ihrem Inneren geisterte, vielleicht doch dies oder jenes menschenähnliche Organ, verwarf ich. Hielt ich doch für möglich, daß ich mit diesem brutalen Akt des Aufschneidens, des Zerstückelns, alles nur schlimmer machte. Schließlich blieb die Hoffnung, sie würden sich bald wieder wie früher zeigen, lächeln, weinen, schreien, hüpfen, jammern. Jedenfalls verbrachte ich anfangs sehr viel Zeit mit ihnen. Ich fotografierte sie. Ich zog sie aus und wieder an. Ich stellte sie in den Regen, in die Sonne, in den Wind. Ihre Substanz änderte sich nicht. Anfangs versuchte ich, eine wissenschaftliche Theorie zu finden. Ich dachte an das Phänomen des Klonens. Vielleicht hatte ein übergeordnetes System, womöglich der Geheimdienst, den Chinesen wäre es zuzutrauen, etwas mit der Sache zu tun. Ich suchte nach Ein- und Ausschaltknöpfen an ihren Körpern, dachte, vielleicht sind es computerähnliche Monster. Aber ich fand nichts; hatte ihnen sogar zögerlich meine Daumen in die Augen gedrückt, in Nasenlöchern gesucht, in aufgesperrten erstarrten Mündern und sogar in Öffnungen wie After und Vagina. Ich beschäftigte mich mit der Materie Kalk. Denn das war sicher, vor mir lag, saß, stand etwas, das aussah wie Beton, aber zu leicht war, als daß es Beton hätte sein können; also war es wohl tatsächlich Gasbeton. Später wurde ich dann etwas übersinnlicher. Sie verwesten nicht, waren womöglich unsterblich geworden, weder machte ihnen Kälte etwas aus noch Wasser; sie schienen nicht einmal Staub einzufangen. Sie waren sauber, rein. Und irgendwie hatten sie etwas in oder um sich, das leuchtete. Aber vielleicht bildete ich mir dies Leuchten auch nur ein, um sie nicht beängstigend oder gar gruslig zu finden. Ich dachte an Vampirähnliches.

Natürlich habe ich an jenem Tag, als ich sie alle wog, auch in der Bar vorbeigesehen. Ich war im Supermarkt, in der Apotheke, wegen des Knöchels, auf der Post, um vielleicht dort telefonieren zu können, denn auch in der Bar gab es keine Telefonverbindung nach draußen, ebensowenig anderswo. Wenn ich Glück hatte, vernahm ich hier und da ein Rauschen durch die Leitung.

Alles still. Alles starr.

Ina hatte den Ort und erst recht die Einheimischen seit jeher so wahrgenommen, in Starre verfallen, schon immer, seit dem ersten Tag, seit unserem Einzug in das Haus.

Etwas in der Art hatte sie gesagt: Sieh sie dir an, wie erstarrt; wir werden es schwer mit ihnen haben, sie lächeln nicht, tun nur so. Mißtrauisch sind sie, sag ich. Eine Dorfgemeinschaft, wohl meinend, sie seien aufeinander bezogen, hingegen: sieh dorthin, hinab von unserem Hügel, hin zum Tagwerk der Einheimischen. Nichts verbindet sie, außer dem Ort, diesem hier, einem kleinen Flecken südlich in einem Tal; fünfzehn Kilometer entfernt von einer Bundesstraße haben sie sich angesiedelt. Kein Gespräch ohne Hintertür, ohne Stufe zwischeneinander, pure Angst davor, sich nahezukommen, denn das Nahekommen läßt den Gedanken aufkommen, daß es ein Ende gibt. Deines oder meines oder unseres, nicht? Ist es so?

Dann sagte sie: Laß mich dein Nachtfalter sein.

Ich lachte, hörte mich sagen: Sieh nicht so genau hin, oder sieh einmal aus dir heraus, weg von dir, nicht hin zu, sondern hinweg von ...

So gesehen kamen wir auf keinen Punkt

Weglassen, sprach das Eichhörnchen und sprang davon

Die Nachtfalter ... lag Ina im Bett und las ein Buch, sah ins Licht, dann in die Nacht.

Ich möchte dir ins Gesicht schlagen, deine Brust aufreißen und dein Herz verspeisen.

Was man liebt, das verspeist man, sagte sie und lachte. Die Liebe zerfällt, sobald sie das Leid sucht, sagte ich, ein Liebeskannibalismus steht uns nicht gut zu Gesicht.

LASS MICH DEIN NACHTFALTER
SEIN,
(Flüsterte Ina)
u. gegen deine heißen
lippen fallen wie gegen licht u. mir
flügel verbrennen laß mich deine wimpern
tusche sein die du nicht abwäschst vorm
schlafengehen laß mich die nacht
falten wach neben dir liegen laß mich
deine tages u. deine nacht
creme sein u. deine zahn
pastatube sein die du morgens
drückst laß mich deine lippen
stiftfarbe sein u. dein haar
gel extra stark das hält was es
verspricht u. wenn ich so
mit dir durch den all
tag streif falt ich
schiffchen aus meinen müden
lidern mit deiner zunge als
segel u. wünsche uns
an das meer

Ich schrieb: Das Dorf ist ausgeschaltet, ausgeknipst, obwohl Sonne und Mond sich im natürlichen Rhythmus zeigen. Alles still. Der Postangestellte klebt an einer Briefmarke fest, die Kassiererin im Supermarkt an einem Zwanzig-Euro-Schein und der Tankstellenwart am Zapfhahn. Benzin Super wollte ich tanken, um davonzuhuschen mit dem Kater und Inas Notizen, zurück nach Berlin, der Stadt der Städte, Menschen, Treiben, Martinshörner, Großstadtgrauen, einen Nachthimmel auf einem überfüllten Platz erleben, Rufe, Schreie, Schlägereien, ein Leibespaar, flüsternd, verrannt ineinander, Bewegung, Schritte, Abgasgerüche, all das; aber ich kam nicht fort. Ich hatte alles vorbereitet, das Haus gesäubert, Böden geschrubbt, Leintücher über die Möbel gehängt, den Strom abgestellt, die Fenster mit Brettern vernagelt. Ebenso tat ich es mit der Bar, in der Bar, draußen um die Bar herum. Ich säuberte, vernagelte, stellte mich auf keine so baldige Rückkehr ein, setzte mich in den Wagen; aber ich kam nicht fort. Ich kam nicht aus dem Dorf heraus, nicht über das Ortsschild hinweg. Auch über die mir bekannten Schleichwege brachte ich mich nicht fort. Der Wagen stoppte augenblicklich, sobald ich das Ortsschild «Bergwald» passieren wollte. Alle anderen möglichen Gefährte, Fahrräder, Mofas, Traktoren, all jene trugen mich ebensowenig davon. Das letzte Aufbäumen meiner Versuche zu flüchten, nämlich der Versuch, einen Fuß vor den anderen zu setzen, also zu Fuß abzuhauen, geradewegs zu einer belebten Straße, hin zum Nachbarort, schlug genauso fehl. Ich war etwa zehn Meter hinter dem Ortsschild, da durchfuhr mich ein stechender Körperschmerz, in den Beinen und in der Brust. Ich kroch zurück nach Bergwald. Der Schmerz ließ nach, verschwand gänzlich, nur der Knöchel, er tobte und wollte geschont werden.

Es war unsinnig, über weitere Gründe nachzudenken,

warum, weshalb, wieso das nun so oder nicht anders geschehen sein mochte. Allein die Tatsache zählte, die Tatsache, daß ich ein Hiersein spürte und nicht fortkam und keine Hilfe zu erwarten hatte, daß der einzige, der die Not mit mir teilte, der Kater war, den ich eigentlich, als ich mich entschieden hatte, zu Fuß zu laufen, erst einmal hatte zurücklassen wollen.

Und seither streunte er über den Friedhof; immer tagsüber, wenn ich Ina besuchte, traf ich dort auf ihn, meist um die Mittagszeit. Nachts jagte er Mäuse, die morgens auf der Terrasse lagen. Ich gewöhnte mich sowohl an die toten Mäuse als auch an die junge Katzendame, die er mir vorgestellt hatte und die schließlich mit uns lebte, als sei es nie anders gewesen. Sie war noch kein Jahr alt, rot getigert, ihr Fell glänzte. Sie ruhte auf dem Sessel, über dem immer noch das Leintuch lag, das ich vor meinem Versuch, den Ort zu verlassen, dort übergeworfen hatte. Anfangs war ich etwas eifersüchtig auf die Dame, denn natürlich fühlte der Kater sich mit ihr wohl, wohler als mit mir. Sie sprachen dieselbe Sprache, jedenfalls vermutete ich das, eine Katzensprache, ein Geflüster ohne Worte, sie schnurrten und jaulten und zischten miteinander. Ich lauschte und deutete. Ich vermutete und zog Schlüsse. Wenn es mir zuviel war, schubste ich die Katzendame vom Sessel, drängte sie vor die Tür, und kurze Zeit später tat mir der Vorgang leid. Ich bat sie wieder herein; sie war stolz, zierte sich, doch bald tapste sie wieder um mich herum. An anderen Tagen hielt ich mein Ohr an sie, um mich mit ihr zu verbünden, um dem Kater näher zu sein. Dann wieder erinnerte sie mich an Ariane. Ariane hatte von einer Katze erzählt, die ihr zugelaufen und etwa zwei Monate später wieder verschwunden war. Deren Fell war ebenfalls rot getigert. Ariane hatte sie Bautz genannt.

Gestern war es, da nannte ich des Katers Katzendame das erste Mal auch Bautz.

Dann begann der Sommer. Sommersonnenwende. Ich wanderte nicht mehr täglich durchs Dorf. Ich hatte bisher immer wieder nach Urlaubern Ausschau gehalten, die gewöhnlich um diese Jahreszeit hier auftauchten. Aber ich sah weder einen Urlauber noch einen anderen Menschen durchs Dorf gehen. Auch sah oder hörte ich keinen Lieferwagen oder Bus oder Traktor, obwohl ich immer und immer wieder über die Hauptstraße zum «Waldmann» gegangen war. Dort hatte ich mich in diesen Tagen unzählige Male an den Tisch zu Werner gesetzt, ihn betrachtet und überlegt, ob er wirklich aus Gasbeton sei, und wie er wohl aussehen würde, nach dem ersten Winter. Vor ihm sitzend also, fragte ich mich in diesen Tagen, ob ich sie nicht alle, alle, wie sie mir erschienen, Hans-Peter, Hans-Dieter, Gudrun, Susanne und die vielen anderen, die Neuen, die Naes, ob ich sie nicht an einen Ort bringen und ein paar Geschichten über sie niederschreiben sollte, um die Stille auszuhalten, ein Wort an das andere zu setzen, um das Alleinsein herum, wie Ina es getan hätte; Hölderlin lesen, auch Heine, Josef Winkler und Hans Henny Jahnn. Das waren für Ina die einzigen lebendigen Stimmen, eingefangen zwischen zwei Buchdeckeln. Ich hatte die Bücher sorgsam in die Kartons gelegt, um sie vielleicht irgendwann auf einem Flohmarkt zu verkaufen oder einer Bücherei in der Kreisstadt zu übergeben.

Ich begann. Ich stöberte mich durch Inas kleine, aber ausgewählte Bibliothek. Ich zog die Vorhänge zu, wegen der

Hitze. Ich hatte mich mit Konserven eingedeckt. Alles Frische, Obst, Gemüse, Wurst und Fleisch aus dem Supermarkt und dem kleinen Tante-Emma-Laden, war ungenießbar geworden. Auch die Milchprodukte waren abgelaufen. Die Kühe hatten das Weite gesucht, vermutete ich, ebenso die Hühner. Die Ställe des Bauern Rohrbach waren leer.

So las ich also:

«Perrudja aß seine Abendmahlzeit. Bissen nach Bissen. Vorsichtig mit beinahe feister Gebärde. Die Hand schob in den Mund. Seine Zähne zermalmten das grobe Brot ...»

Auch ich aß, nicht Bissen nach Bissen, sondern Löffel um Löffel, nicht Abendmahlzeit, sondern Mittagmahlzeit, und die Stimme zwischen den Buchdeckeln trug mich, und es fröstelte mich, zog mich hinab zu Ina, während ich las:

«... er sah die Dinge zerfallen, sich zerklumpen, versanden, verrosten, verrieseln. Die Wasser trugen die Berge ins Meer. Die unschuldigen Blumen zerlösten den Boden. Das Korn, das Gras, der Darm von Mensch und Tier. Die Existenz des einen bedeutete die Vernichtung des anderen ...»

Und Inas Verszeile ging mir nach:

Der eine schläft, der andere wacht, das ist der Lauf der Welt

Auf Seite hundertsiebzehn fielen mir die Augen zu.

«... Die Gerüche der Tiere verbreiteten sich im Hause, störten und widersprachen sich. Der Grund für Aller Unzufriedenheit lag im Geruche der Luft. Das Trennende begann seine Macht zu entfalten. Im Leben ist trennend das Trennende und nicht einend das Einigende ... Er wurde trotzig, weil er die Mühe nicht aufbringen konnte, gewissenhaft zu denken ...»

Ich schlief einen tiefen Schlaf, einen ruhenden, einen, aus dem ich erwachte und glaubte, ein anderes Gesicht im Spiegel zu erkennen. Das meinige, das ich kannte, war es nicht. Mir war, als sähe ich mein Gesicht von innen, als käme der Ausdruck dieses Gesichtes von weit her: ein klarer Blick, entschlossen, aufrichtig, kraftvoll.

Ich fotografierte mich, um den Ausdruck festzuhalten.

Und ich las und las und las. Ich wußte nicht, woran es lag, es ging alles tiefer in mich ein und blieb nicht an der Stelle stehen, wo es sonst immer zu Ende war.

Gegen Abend, an diesem Tag noch, kramte ich ein weiteres Buch aus dem Karton. Es war in keinem guten Zustand, der Einband fehlte, die ersten Seiten waren herausgerissen, und auf Seite elf war ein Absatz unterstrichen:

«Wenn ich nach Hause denke, wo nun niemand mehr ist, dann glaube ich, das muß früher anders gewesen sein. Früher wußte man (oder vielleicht man ahnte es), daß man den Tod *in* sich hatte wie die Frucht den Kern. Die Kinder hatten einen kleinen in sich und die Erwachsenen einen großen. Die Frauen hatten ihn im Schoß und die Männer in der Brust. Den *hatte* man, und das gab einem eine eigentümliche Würde und einen stillen Stolz.»

Nun war ich mir sicher: Ina würde mir einen Weg weisen, ich müßte nur ihre Spuren verfolgen, anders als bisher. Bisher hatte ich zwar alle ihre Notizen gelesen, die mir zwischen die Finger geraten waren. Aber so, wie sie auf mich zugekommen waren, zusammenhangslos und ungeordnet, so waren sie auch in mir zerfallen, bedeutungslos, wandernd, mal schleichend, mal hastig.

Soll ein Hohlmuskel über einer Magengrube hüpfen.

Ich fuhr ins Dorf. Ich sammelte sie alle ein, all die Erstarrten, die mir bekannten. Ich öffnete die Bar, plazierte sie dort am Tresen, im Hinterhof, vor der Musikbox, an den beiden Tische rechts neben der Bar. Die Stille ängstigte mich schon geraume Zeit nicht mehr. Die Stille, die in ihnen lag. Ich hatte all ihre Stimmen in mir und diese eingefrorenen Momente: die gebückte Gudrun, den Zeitung lesenden Werner, die kassierende Kellnerin, den rauchenden Hans-Dieter, die ins Kreuzworträtsel versunkene Susanne.

Ich lud zu einem Vampirfest ein. Ließ Fledermäuse ein, hängte Knoblauch auf, nahm Kreuze von der Wand.

Dachte: lächerlich.

Ich stellte mir den nächsten Frühling vor. Ein Jahr wäre vorüber, da Ina nicht mehr da, ich hätte das Trauerjahr hinter mich gebracht, wäre diesem Tod ein Stück näher an die Eingeweide geraten, hätte ihn mir einverleibt wie den Geruch der Jahreszeiten, wäre so auch dem Haus meiner Kindheit näher gerückt, in dem der Versuch zur Liebe klein und alltäglich und sehr direkt war, hätte mir Ina nun vorgestellt, nach diesem Jahr, Ina, deren Versuch zur Liebe groß und schön wie gemeine Blumen war. Die Nachtfalter wären aus ihren Verstecken geschlüpft, der Hohlmuskel hätte sein Hüpfen über der Magengrube fortgesetzt, und draußen, hinter dem Ortsschild, über die Landesgrenze hinweg, hinter dem Gebirge, über Ozeane hinaus, aber auch nur wenige Kilometer entfernt, ein paar Schritte nur zur Kreisstadt, hätten sich Menschen neue Häuser gebaut, hätte man einen Transrapid vielleicht auf die Schienen gesetzt, ein paar Soldaten hätte man zum Friedenseinsatz entsandt, Bomben wären explodiert, Regenschirme, Hüte, Feuerzeuge wären verlorengegangen, Länder hätten sich verbündet gegen oder für, Götter voneinander getrennt, wie eh...

Ein Mann hätte seine Frau geschlagen wie eh

Ein Einbrecher wäre überführt worden wie eh

und je hätte sich ein Kind über einen Nikolaus gefreut, der nachts eine Süßware in einen Schuh gelegt hätte

Es hatte etwas für sich, dieses Verlassensein. Ich war unbeobachtet; kein Auge, das, auf mich gerichtet, ein Verhalten, eine Geste oder ein falsch gesetztes Wort um der Ordnung willen regulieren mußte. Ich konnte tun und lassen, was ich wollte, konnte sein, wie ich mich mir vorstellte, ohne fremden Blick. Das redete ich mir ein, Stunde um Stunde. Ich redete es mir schön, hielt an dem Gedanken fest, daß ich unabhängig und frei war, daß ich mich an die neuen, nun schon seit einigen Monaten existierenden Umstände gewöhnen würde. Ganz außer acht ließ ich, daß ich mich nicht freiwillig für diese Umstände entschieden hatte, sondern sie mir auferlegt, nein, aufgezwungen waren. Ich würde mich nun spürbar machen, aus eigener Kraft. Kein Himmel konnte mich betten, kein Stern mich begleiten, keine Religion mir einen Weg weisen. Der Geldkreislauf war unterbrochen. Keine Banknote zählte etwas. Ich würde nicht mehr das Kind meiner Eltern sein, keine Geliebte der Geliebten, keine Frau eines Mannes, würde über keinen Menschen mehr herfallen oder er über mich. Konnte masturbieren an Ort und Stelle, wenn es über mich kam, schlafen, baden, wachen, fressen, hungern, ganz ohne fremden Blick. Ich würde entscheiden.

Werner ein Freund sein.

Nicht mehr an Ariane denken.

Zugegeben, ich dachte immer noch, sie würde irgendwann wiederauftauchen, mit Mann, Garage und Kind oder ohne. Ich hatte mich in den wenigen Tagen im Frühjahr an sie gewöhnt und eine lange Zeit Ausschau nach ihr gehalten. Ich hatte gedacht, sie könnte mir eine kleine Rettung, ein Trost sein.

Man geht seinen Spuren nach, wenn man sich die Zeit zu eigen macht. Das notierte ich in der Nacht, nach einem Traum, der mich hatte erwachen lassen. Ich hatte unser Haus brennen sehen, zu Asche zerfiel es, und Werner tanzte einen Freudentanz unter der Trauerweide vor dem Friedhof.

Weiter notierte ich:

Der Zündlerwerner hat wieder zugeschlagen. Ein Jemand sah ihn noch an der Schneise, er fuhr einen Traktor, das war am Morgen. Gegen frühen Abend holte er aus seiner Scheune einen Benzinkanister, leerte ihn auf die Terrasse des Hauses der beiden Frauen, die vor kurzem erst in die Gegend gezogen waren, zündete sich dann eine Zigarette an, zog zweimal gierig an ihr und schmiß sie vorsätzlich in die Benzinpfütze. Genuß fand er am Schrecken der beiden Frauen. Er nannte sie Du, die *Eine*, und Du, die *Andere*. Die *Eine* schlug ihn, die *Andere* bemitleidete ihn. Er sagte: Ich zeige mich verantwortlich, ich trage euch neue Betten herbei, ein neues Haus baue ich euch, in dem ihr schlafen und walten könnt. Die *Eine* schlug weiter, die *Andere* bekreuzigte ihn, obwohl niemand sich einen Gott vorzustellen wagte, in dieser Zeit, in der ein Sofa kein Sofa mehr war und eine Rose keine Rose sein sollte, weil alle Münder sich öffneten und schlossen, wie es ihnen beliebte, eine Frau keine Frau mehr war und ein Mann kein Mann mehr, in einer Zeit, in der *hoffen* aus dem Wortschatz gestrichen sein wollte, in der ein Glaube auch keine Berge mehr versetzte, in der das Alter nicht mehr Weisheit, sondern ein Bedauern in sich trug.

Ist es so? Las ich in einem Buch, nachdem ich das Geschriebene zur Seite gelegt hatte.

Die Frage sei erlaubt, schrieb ich darunter.

Ich hatte mir Großes vorgenommen: Ina aufspüren. Einem geregelten Tagwerk nachgehen. Viel Bewegung verordnete ich mir, um fit zu bleiben. Wenn ich aufwachte, stemmte ich ein paar Hanteln, dann nahm ich mir zwei Stunden Lektüre vor, danach ging ich zum Friedhof, beobachtete den Kater, meist ohne Bautz, berichtete Ina, wie es um mich stand, daß ich ihr nun auf der Spur sei, begrüßte sie regelmäßig mit einem Satz, der mich nachts beschäftigt hatte, einem Satz wie diesem zum Beispiel: Ich beschaffe uns zwei Parkbänke, eine für mich, eine für dich, Katerin. Herrgott, wer war Katerin?

Auf dem Campingstuhl sitzend, berichtete ich: Katerin war eine Tangotänzerin. Berlin vor sieben Jahren. Ein Foto hatte ich gefunden. Im Hintergrund hing ein Plakat von Piazzolla. Die Frau davor rauchte, war groß und sportlich. Sie saß auf einem Stuhl wie ein Kerl, breitbeinig, und posierte für die Kamera. Ihre Gesichtszüge waren herb, und die Augenränder ließen vermuten, daß sie einige Exzesse hinter sich hatte oder anderes, denn sie sah etwas mitgenommen aus. Weiter berichtete ich: Vier Tagebuchaufzeichnungen.

Montag, 20. Juli: Ich liebe dich. Freitag, 3. August: Ich liebe dich. Ich liebe dich. Ich liebe dich. 4. August: Dein Mund so schön. 26. August: Laß mich dein Nachtfalter sein.

Der Nachtfalter schwirrte also schon vor meiner Zeit. Ina, du trugst die Liebe in dir, groß und schön wie gemeine Blumen, ein ständiges Vibrieren in dir, nicht?

Mir genügte das nicht, dein Gefühl, du! Der Falter in der Nacht: In den Tod verliebt wie der Geistliche in seinen Kosmos.

Aber was hat mich so fürchten lassen?

Trat vor dich schnellen Schritts, ließ dich allein mit deinem Bündnis, das du mit deinem eigenen Tod geschlossen hattest?

Ich zog, jeden Tag auf dem Campingstuhl sitzend, voreilige Schlüsse. Ich weiß, verzeih!

In einer Nacht hatte ich die Wände in unserem Haus mit Inas Notizen plakatiert. Ich ging das Vorhaben systematisch an. Ich orientierte mich an den Jahreszahlen, die am Ende jeder Notiz standen. Die Aufzeichnungen ohne Hinweis auf das Jahr ordnete ich nach Schriftgröße. Ich bildete mir ein, ich könne aus Inas Handschrift herauslesen, wie ihr an diesem und jenem Tag zumute war. Ich beschäftigte mich mit einzelnen Buchstaben, behauptete, zu erkennen, wann Ina in Eile war – ihren Gedanken hinterherhetzend –, wann der Rausch sie befallen haben mußte. Das Notierte war dann kaum zu entziffern; durchgestrichene Worte, ein Durcheinander ohne Essenz. Dann wieder gab es Aufzeichnungen, die konzentriert und bedacht niedergeschrieben waren, Aufzeichnungen, die den Schluß zuließen, daß Ina ihrem Verstand getraut, sich nicht aus der Ruhe hatte bringen lassen, von nichts und niemandem. In einem roten Koffer, der im Keller stand, fand ich eine Mappe, einige Videobänder und eine Plastiktüte voller Schmuck, Ketten, Ringe, Ohrringe, und einen kleinen Jahreskalender, auf dem stand: Diebstähle. Auf der ersten Seite ein Satz aus dem Jahr 1993: Hab mich gehenlassen, bin nicht erwischt worden, kein einziges Mal, Gott war mit mir.

War auf dem Campingstuhl gesessen, sagte: Du warst keine Frau, die gerne Schmuck trug. Du hattest nur eine Uhr, eine schmale, kleine Uhr, die ich dir vor zwei Jahren geschenkt habe. Ich habe Gudruns Ohrringe, die Hans-Dieter ihr zum Fünfundfünfzigsten geschenkt hat, in deinem roten Koffer gefunden – und Werners Taucheruhr.

Gestohlen an einem Freitag auf einem Geburtstagsfest.

An diesem Tag hast du Lust auf Werner gehabt und ich auch. Du hast ihm ein paar Tangoschritte beigebracht. Er ließ sich führen. Er hat eines deiner Gedichte auswendig gelernt. Wir applaudierten.

Dann erinnerte ich noch zwei Sätze, die in einem Buch unterstrichen waren und die ich die Nacht zuvor herausgerissen hatte, ehe ich mich wieder auf dem Campingstuhl sitzen sah. Ich hatte sie an die Wand im Wohnzimmer geklebt über einen von Inas Sätzen:

Das Licht stellt sich nicht ein, dämmrig der Anblick von Außen.

... Und diese Maschine Hirn (analytische Geometrie), die immer nur nach einer Größe rechnete, dem Ich.
... Die Kraftspenderin Lüge, die eine Pflegerin der Hoffnung war ...

sich hingeben

ich sah in den spiegel
u. sagte: komm
laß dich von mir küssen.
es kam zu keinem kuß
aber ich liege jede nacht
mit mir in den armen
(die welt dreht sich im kreis
u. man muß aufpassen
daß man nicht rausfällt)
u. manchmal küsse ich
mich auf einen arm
(manchmal sehr lang)
während ich zu mir komme
u. ich stelle mir vor es wäre
jemand anders den ich küsse.

An diesem Tag war ich sehr aufgewühlt, ich war unruhig und angriffslustig, ich sah stundenlang auf die Taucheruhr, auf die Ohrringe, schrie Bautz an, die ihr Geschäft auf dem Teppich verrichtet hatte. Ich hatte den ganzen Tag über die Nahrungszufuhr vergessen, und ich verdrängte, daß ich mir bald etwas einfallen lassen mußte. Ich hatte keine Ahnung, wie ich mich forthin ernähren sollte.

Tage später fuhr ich mit dem Fahrrad durchs Dorf. Ich trat in die Häuser, öffnete Gefrierschränke und Abstellkammern. Ich versuchte mich im Kühlhaus in der Metzgerei. Dort stank es nach verwestem Fleisch; die Kühlanlage war außer Betrieb. Bei Gudrun und Hans-Dieter fand ich tote Fische in einem Aquarium, und bei den Naes lagen zwei Hamster leblos im Käfig. Ich machte mir Vorwürfe. Bei Susanne waren fünf Wellensittiche von der Stange gefallen. Ich fand zwei Pferde im Stall der Bräuningers tot auf, beide waren im Stall eingesperrt gewesen, und einen Hund, zur Erde gestreckt, an einer Leine hängend, hinter dem Vereinshaus. Ich füllte meine Einkaufstasche mit Päckchen aus den Gefrierschränken: Suppen, Soßen, Fleisch, Gemüse. Den Tod ließ ich im Dorf, auch den Gestank. Ich würde mich ein andermal darum kümmern, die Tiere begraben, die Häuser lüften, den Pferdestall in Brand setzen.

An diesem Tag sehnte ich mich sehr nach meiner Kindheit zurück. Ich hatte meine Eltern seit Jahren nicht gesehen. Sie waren vor einem Jahrzehnt nach Südafrika gegangen. Mein Vater war meiner Mutter und ihrem Job bei der deutschen Botschaft gefolgt.

Ich hatte nie mit Ina über meine Herkunft gesprochen. Auch über Inas Herkunft hatten wir nicht gesprochen. Mir schien, als hätten wir uns als zwei Dschungelwesen ohne Bezüge verstanden, als hätte es vor unserer Zeit keine andere gegeben. Wir hatten unsere Mütter Mütter sein lassen und unsere Väter Väter. So gerieten wir nicht in Gefahr, uns unsere Herkunft vorzuhalten. Eine stille Abmachung war es. Zu Familienfesten gingen wir ohneeinander. So kam es, daß weder mein Vater noch meine Mutter zu Inas Beerdigung erschienen. Meine Mutter verstand meine Trauer nicht, die ich an Inas Todestag durchs Telefon schickte. Und Inas Mutter war ich unheimlich, als sie an diesem Tag auf mich traf. Sie haben nicht auf mein Kind aufgepaßt, sagte sie, ich dachte, meine Tochter sei glücklich mit einem Mann.

Später nahm ich mein Kinderalbum zur Hand und legte es neben Inas Kinderalbum.

Mein Vater war die Frau im Haus, meine Mutter der Mann. Bei Ina schien es andersherum gewesen zu sein. In Inas Album fand ich ein Gedicht mit dem Titel «Milch», das ich noch nicht kannte:

die linke hält
die zigarette immer wieder
eine nach der andern
hält was sie verspricht

die rechte greift zum glas
verschüttet was
ich greife mir durchs haar
da war doch was?

ich komme irgendwie
nach meiner mutter

Ich dachte eine Geschichte ostwärts, denn Ina kam aus dem Osten, aus Karl-Marx-Stadt.

IM OSTEN, WEISST DU, hatten wir
ranzen, die wir wie handtaschen
am henkel trugen, um die welt
kreiste gagarin, unsere ranzen
kreisten inmitten, kreisten
um unsre achse, kreisten, bis wir
abzuheben glaubten, bis wir
die ranzen gegen plastiktüten tauschten

Muttersorge, dachte ich, und stöberte mich durch mein Erzählfieber, das mich wieder überfiel. Diesmal kramte ich Inas alte Schreibmaschine hervor. Ich fing an zu tippen:

Ich dachte: Engel.

Ich tippte: Engel stürzte vom Himmel.

Ich sah auf die plakatierte Wand. Bautz lag seelenruhig in ihrem Sessel und bewachte mich. Der Kater tapste übers Parkett. Draußen zog ein Gewitter auf.

Ich dachte: Blitz und Donner.

Ich tippte: Ein Gewitter zog auf. Stürzte ein Engel vom Himmel, traf ihn ein Blitz.

Ich glaubte nicht an Engel, aber Ina tat es. Ich erinnerte, daß sie mich einen Engel nannte, draußen, vor der Tangofabrik, nach diesem Tanz; ein leichtfüßiger Engel bist du, leicht wie eine Feder. Ich mußte lachen, denn ich war weder leicht noch leichtfüßig. Ich wog damals fast siebzig Kilo bei einer Größe von einszweiundsiebzig. Ich fühlte keinen Engel in mir, noch war ich einer. Ich war eine Versicherungsangestellte, eine Frau, die einen Fremden davon zu überzeugen verstand, daß er sich gegen Krankheit, Tod, Hausexplosionen, Überschwemmungen, Diebstähle etc. etc., absichern müsse. Ich verdiente ein Schweinegeld – und ich hortete es. Ich war geizig und unnachgiebig. Über Träume dachte ich nicht nach, und Wünsche hatte ich keine, jedenfalls keine, die mir im Bewußtsein steckten, so daß ich sie bei Gelegenheit hätte abrufen können. Das erste Mal stellte sich die Frage, ob ich vielleicht für Ina eine literarische Gestalt war, die nur auf dem Papier zu atmen begann.

So etwa stand es geschrieben: Sie hat keine Ruhe, um in sich hineinzuhorchen. Sie glaubt an die Erde, an die Pferdeäpfel auf der Straße, die sie, die Nase rümpfend, mit einer

Schneeschippe beseitigt. Sie glaubt an Bilanzen, die sich Leben nennen, und an Noten, die darunter stehen. Nur nachts trinke ich aus ihr, dann hält sie mich wach, einem Engel gleich. Ich nenne sie Stacheldraht des Tags und stelle sie mit den Kühen auf die Weide, die blöd glotzen, glücklich, weil unwissend. Sie ahnt nicht, daß die Wirklichkeiten langsam und unbeschreiblich ausführlich sind. Sie ahnt nicht, daß man sich nichts vorstellen kann auf der Welt, nicht das geringste. Das ist ihr Glück. Ich bin von ihr gegangen. Schon lange, bevor sie es bemerkte.

Darunter, erinnere ich mich, stand: Weiterschreiben, das ist es, das ist der Anfang einer längeren Angelegenheit, eine Erzählung, eine Perspektive, ein Blick, Ich liebe meine Frau (solltest du das jemals lesen, verzeih mir, ich bin ein Unmensch, ich sauge den Dreck aus dir heraus, mache dich blutleer; vampirartig stürze ich mich auf dich, um mich lebendig zu halten)

und weiter:

Die Geister, die ich rief..., ich suche nach etwas Welt ohne mich.

Nun verzettelte sich die Handschrift, wurde kleiner und unleserlicher. Entweder, so vermutete ich, war ich gerade nach Hause gekommen, habe Schatz gerufen oder Liebes, oder nur Ina, weil mein Tag ein anstrengender war, habe den Einkauf in die Küche gestellt, bin die Treppe hoch, hab an der Tür zum Dachboden geklopft, ein Herein abgewartet, bevor ich die Tür öffnete, hereinstürzte und sagte: Küss mich bitte. Oder aber: Ich war schon lange in der Bar, wartete auf Ina, hatte einen unangenehmen Gast zu bedienen, griff zum Telefon und wählte unsere Nummer, während Ina ihre Gedanken niederschrieb und durch das Klingeln aufgescheucht wurde und fluchte, innerlich geschüttelt war, weil da wieder eine Stimme von außen kam. Ein Blick auf die Uhr und feststellen, daß es nun doch reichlich spät geworden war und sie wieder unzuverlässig sein würde, denn es war ihr Abend, sie hätte da hinter der Bar stehen sollen, nicht ich; es war ein Donnerstag.

Dachte: Ein Donnerstag, da du mich ausgeweidet hast, auf einem Papier.

Ich drückte den Kater an mich, der heute sehr anschmiegsam war. Bautz schien das nicht zu gefallen, beleidigt verschwand sie über die Terrasse in den Wald. Das Gewitter wurde heftiger. Diesen Tag und diese Nacht erinnere ich so genau, weil das Unwetter Überschwemmungen, umgestürzte Bäume, Dach- und Straßenschäden zurückließ. Fortan war ich viele Stunden damit beschäftigt, mich um die an unserem Haus und darum herum entstandenen Verwüstungen zu kümmern. Ich klebte die Löcher im Dach mit Plastiktüten zu, wischte den Boden und schüttete Eimer um Eimer Wasser vor die Tür. Ein Fenster im Erdgeschoß war kaputtgegangen. Ich nagelte es mit Brettern zu. Auf unsere Scheune neben der Regentonne und dem Gemüsebeet war ein Apfelbaum gestürzt. Im Dorf sah es nicht besser aus. Und oben bei der Kapelle lagen Bäume über den Gräbern. Inas Grab war unbeschädigt, nur die Erde war vom Regen aufgewühlt worden, Regenwürmer schlängelten sich im Gras. Ich hatte mich, seit sich niemand mehr um die Gräber all der anderen kümmerte, selbst um sie gekümmert, darauf geachtet, daß sie nicht verwahrlosten. Es waren zweiundvierzig. Auch in der Kapelle war ein Fenster kaputtgegangen; ich kehrte die Scherben zusammen. Es war das dritte Mal, daß ich im Inneren der Kapelle stand. Das erste

Mal stand ich zu Inas Beerdigung hier. Ich hatte mich nicht wie all die anderen gesetzt. Das zweite Mal hingegen hatte ich mich gesetzt und auf den Altar gestarrt, bevor ich das Büro des Geistlichen aufgesucht hatte. Es war jener Tag, als mir Werner, Hans-Peter, Hans-Dieter und die anderen abhanden gekommen waren. Ich erhoffte einen Rat, der meinen Zustand erklären würde, hoffte, der Geistliche würde ein beruhigendes Wort an mich richten oder mir die Hand auflegen, mir vielleicht eine Beichte abnehmen, jene Beichte, die mir schon lange auf der Zunge lag, daß ich mich doch auch schuldig fühlte an Inas nicht enden wollendem Schlaf, daß ich zuwenig war, zuwenig liebes- und leibesbereit, zuwenig achtsam, zuwenig Hohlmuskel, zuwenig Himmel, daß ich zuviel war, zuviel Ordnung, zuviel Kleinkrämerei, zu furchtvoll und engstirnig, zuviel Frau, die ein Auge auf das Männliche geworfen hatte: Werner. Einen Schwanz spüren. Eine Fortpflanzung planen. Ina allein hinter ihrem Schreibtisch. All das hoffte ich, dem Geistlichen abgeben zu können. Und die Worte von Ariane kamen mir in den Sinn. Hatte doch nichts am Hut mit einem Gott, war weder getauft noch gefirmt, noch stand ich einer Kommunion bei, kein Abendmahl hatte ich je in mir aufgenommen. Aber nun war diese Sprache in mich hineingefahren: ein Wort wie Schuld und ein Wort wie Sühne, auch solche wie Vergebung und Ewigkeit, selbst ein Amen konnte ich denken. Aber der Geistliche war, als ich in sein Zimmer trat, genauso wie alle anderen im Dorf, plötzlich aus dem Nichts heraus erstarrt. Er saß da an seinem Schreibtisch, wandte sich zu mir, zur Tür, sah drein, als stünde der Heilige Geist vor ihm. Und so saß er an jenem Tag, nach dem Gewitter, immer noch auf seinem Stuhl, vor sich, auf dem Schreibtisch, ein unvollendeter Brief an seine Schwester. Liebe Gerda, stand da, schön, daß du wohlauf bist. Des weiteren hatte er sich über das unabwendbare Weltgeschehen geäußert, über die Religionen, die sich bekriegten im Zeichen des Weltlichen; über die sieben Todsünden hatte er geschrieben, über Neid, Gier und Maßlosigkeit. Er schrieb davon, daß er sich überlege, in den Nahen Osten zu reisen, dorthin, wo man ihn brauchen könnte, daß er sich auf seine Zeit als Rettungsfahrer beziehen würde, er als Krankenpfleger, nicht als Theologe, seine Reise antreten würde. Was mir bei meinem ersten Besuch nicht aufgefallen war, war eines von Inas Gedichten, eingerahmt an der Wand hängend. Eine Widmung darunter, die lautete: Danke. Ich bete für Sie. Und darüber stand: Meinem Freund und geistigen Begleiter, Heinrich Heine. Ich nahm das Gedicht von der Wand. Zu Hause hängte ich es ins Badezimmer, «ein märchen aus uralten zeiten»

den schiffer im kleinen schiffe
ergreift es mit wildem weh
er schaut nicht die felsenriffe
er schaut nur hinauf in die höh
krächzend wie der gestopfte schnabel
eines spechts mit gehobenem kopf

die luft ist kühl und es dunkelt

die gänsehaut zusammengeduckt u. ungeschrien
u. wohin die hände an das nackte
fleisch legen wohin die hände
was mit den wänden was mit

den wänden anfangen in diesem loch
blumen suchen ein blühen zwischen den rillen
ich weiß nicht was
das herz ein hohlmuskel ich bin mir sicher
ich weiß nicht was soll es bedeuten
wie geier meine augen
wie feiste geier umkreisen diese augen
einen kalten körper
u. über der magengrube ein
hüpfender hohlmuskel
ich weiß nicht was soll
ich weiß nicht ich weiß nicht was soll es bedeuten
daß ich so traurig bin
ich weiß nicht was ich weiß
ich singe ein lied
ein märchen aus alten zeiten
das kommt mir nicht aus dem sinn
um himmels willen wo wo
wo seid ihr denn denn
da stampfen doch doch
doch häuser hoch auf auf
da stampfen doch häuser hoch
auf der erde

was mit den wänden mit den händen
es drückt das kind springt
hüpft u. entspringt es singt:
ich war also bin ich
unter der sonne mit dem wind
ich bin ein kind es steigt mein drachen
unter der sonne in den wind

also bin ich wind
in die sonne also war ich wind
aus der sonne in den wind
mit dem wind unter der sonne
ich bin ein kind
es steigt mein drachen mit dem wind
we were born before the wind
also younger than the sun

An diesem Abend war ich sehr erschöpft. Seit langem mal wieder badete ich. Ich hatte mir, wegen der steigenden Energiepreise in den letzen Jahren, Vollbäder abgewöhnt, und im Sommer bevorzugte ich ohnehin eher das Duschen. Ich saß in der Wanne, ich saß sehr lange im Wasser, ich las dieses Gedicht immer und immer wieder, weinte, bis mir Augen und Nase schmerzten, legte mich anschließend, obwohl mir nach Alkohol war und ich wußte, daß ich noch einen Rest oder vielmehr ein paar Flaschen Schnaps und Likör in der Bar hätte finden können, auf das Sofa, wickelte mich in eine Winterdecke, eine, an der ich immer noch Inas Geruch wahrnahm, fluchte, schrie, tobte dann unter der Decke; irgendwann fiel ich in Schlaf.

Und ein nächster Tag würde gekommen sein, an dem ich die Augen öffnen mußte, die schmerzten, weil ich die halbe Nacht über geheult hatte.

Der Werner hatte mich beschäftigt dann. Ich hatte wieder von ihm geträumt. Im Traum hatte er davon gesprochen, daß er nun Winzer werden wolle, irgendwo im Rheinland sich niederlassen. Es war ein sehr ruhiger Traum. Werner reparierte einen Transporter, den Hans-Dieter in Regensburg von einem Privatmann gekauft hatte und der TÜV-fertig gemacht werden mußte. Es war ein realer Traum, an einem Sonntagnachmittag. Es war jener Sonntag, der auf Inas Magenverstimmung, drei Tage zuvor, folgte, es war der Sonntag, an dem ich ohne Ina zu Hans-Dieter, Gudrun und Werner ging, um mir den Tatort anzusehen, den wir manchen Sonntag gemeinsam angesehen hatten. Es war jener Sonntag, an dem Ina neun Tage vor ihrem Tod stand. Es war auch der Sonntag, an dem mir Ina das erste Mal mitteilte, daß ich auf den Kater aufpassen solle, wenn sie nicht mehr wäre, jener, an dem sie mir ihr Adreßbuch gab, damit ich all ihre Telefonnummern, die von Wichtigkeit waren, bei mir hätte, falls etwas passieren würde.

Ich sagte: Hör auf mit dem Unsinn! Du Erdenengel von einem Schwan, fügte ich hinzu, in der Hoffnung, sie würde diese Sprache verstehen.

Ina kotzte sich die Galle aus dem Leib.

Werner saß auf meinem Schoß.

Bin ich nicht auch ein Weib, sagte er mit wütendem Gesichtsausdruck.

Ich mußte ihn beruhigen.

Ich sagte: Zieh dich aus; während Ina zu Hause über der Kloschüssel hing, der Kater um sie herumstrich, so stellte ich mir Inas Sonntag vor, diesen Sonntag, den Ina allein mit dem Kater verbracht hatte, ebenfalls vor dem Fernseher. Ich stellte mir vor, wie sie nach den Magentabletten griff, die im Notfallkasten lagen, wie sie zittrig aus dem Wasserglas trank, dabei den Anfang vom Tatort verpasste, während auch ich nichts vom Tatort mitbekam, während ich dem Werner sagte, komm, zieh deine Hose aus, und er mich mit großen, strahlenden, lustvollen Augen ansah, die Zimmertür oben in Hans-Dieters Haus absperrte, ich ihn aufforderte, sagte, laß doch, laß offen, jetzt oder nie, seinen Schwanz an mich nahm, erst in die Hand, dann in den Mund, ich sein Stöhnen hörte, das plötzlich abbrach, er mich wegstieß, die Faust ballte und sagte: Ich zünd' dich an. Du Hure deiner Mutter...

Ich mich schämte, schlagartig, ihn angriff, wie ein wildes Tier mich auf ihn warf, er lachte, sich an der Schrankwand stieß, während Ina in unserem Haus erneut über dem Klo hing, schließlich doch zum Telefon griff, meine Nummer wählte und in der Leitung Werner vorfand, der mir das Handy aus der Hand gerissen hatte. Während Ina also seine Stimme hörte und ein Lachen, mir das Herz in der Unterhose steckte, ich kaum Luft bekam, mich ebenso hätte übergeben wollen, es nicht tat, statt dessen zu Werners Ohr hinschrie, während am anderen Ohr er das Handy hielt: Liebes, der Werner ist durchgedreht, Liebes, alles gut, bin gleich da. Und der Werner, während Ina sagte, was ist denn los, aufhörte, leise wurde, ruhig, sich wieder gefangen hatte, sagte: Der Tatort ist langweilig.

Mich dann in den Arm nahm, sich entschuldigte.

Ich ihn wegstieß.

Zu Hause angekommen, an diesem Sonntag, fand ich Ina auf dem Fußboden vor, neben ihr Erbrochenes.

Ich rief einen Krankenwagen.

Die Sanitäter kamen aus der Kreisstadt.

Einer fragte: Hat Ihre Freundin Drogen genommen?

Ich sagte: Sind Sie wahnsinnig!

Als Ina ein Kind gewesen war, hatte sie hinter ihren müden Lidern Schiffe vorbeiziehen sehen, sich ans Meer gewünscht.

Ein Blick über die Grenze, rüber nach Westen. Ein Blick über den Zaun, rüber zu den Wohnsiedlungen mit Zentralheizung. Dort saß in einer Küche ein Marmeladenesser. (Von diesem hatte Ina mir immer und immer wieder erzählt. Gustav, der Marmelade schleckte, ohne Brot, aus dem Glas, Löffel um Löffel.)

Gustav, der rüber wollte nach Westen, nur mit einem Rucksack. Standen sich Stunden die Beine in den Bauch an der Grenze, und nichts tat sich, Gustav und sein älterer Freund Henry. Sie waren zuversichtlich anfangs. Man sagte, sie seien nach Berlin, gingen die Invalidenstraße rauf und runter, rauf und runter. Kamen wieder nach Hause, berichteten, daß sie hinübergesehen haben, der eine auf des anderen Schultern wie die Akrobaten. Auf einer Leiter stand der eine, rief, SCHÖN HABEN SIE ES DA, bis er hinabstürzte, runter von der Leiter, die sie bei sich getragen hatten, einmal der Gustav, einmal der Henry. Nächste Woche gehen wir's an, sagten sie, Woche um Woche.

Seid leis. Seid leis. Der Nachbar steht stramm, der mit der Zentralheizung, immer noch und immerdar.

(Die Geschichte mußte ich Ina im Krankenhaus erzählen. Eine Kochsalzinfusion, zur Stärkung, hatte man gelegt. Sie hatte am Tropf gehangen und mich gebeten, über Gustav zu sprechen.)

müde waren wir u. schliefen mit dem licht

unsre ellenbogen waren rötungen
verstoßene wärme u. zu
neigung wir hatten hunde arme
treue diener u. katzen die wieder

kamen wenn sie sich rum
getrieben sie haben sich

nicht von uns unter
schieden wir sind uns auch
treu geblieben wir waren mager
u. verzweifelt u. hingen
am einzgen licht abends u.

nachts schliefen wir an leuchtstoff
an röhren den kopf schief an
gelehnt u. dann irgendwer (u. irgendwann)
griff in die fassung
oder hing am heizkörper dran

wie ein hund mit dem strick
um den hals wir suchten
das glück

das war ein spiel ein trauriges lied

Standen alle stramm mit dem Licht im Nacken. Ich möchte mir keine Wange wachsen lassen, die ich hinhalte in der Schulbank oder anderswo, beim Zeitungsverkäufer oder vor dem Polizeirevier; ein System ist ein System ist ein System.

Ohne Opferlamm geht es nicht.

Wir müssen uns die Revolutionen ins Gedächtnis brennen.

Richter, du, ein Anwalt. Hebt es dich aus dem Sitz, ich möchte nicht bei dir sein

(Wer hat das gesagt? Ich, Ina, ein Geistesverwandter?

Steht wo geschrieben, Satz um Satz, egal ... Kosmos ist Kosmos.)

Eine Woche nach dem Unwetter wagte ich mich wieder ins Dorf. Ich hatte einen Traktor bei den Bräuningers aufgetan, der noch fuhr und auf dem ich schon oft gesessen hatte. Das Ding brummte und schnaufte, als hebe es gleich in die Lüfte ab. Ich griff mir den Kopfhörer, der am Rückspiegel hing, und setzte ihn auf. Wie ich die Hauptstraße entlangfuhr, hatte ich ein seltsames Gefühl von Allmacht in mir, niemand sonst, nur ich auf der Straße. Ich fuhr über Gehsteige und verkehrt herum in eine Einbahnstraße, und doch war das Verkehrsgesetz, die Verkehrsordnung, in mir, ich fühlte etwas Verbotenes, ich tat etwas Unerlaubtes, dachte an Susanne, die genau jene Einbahnstraße für den Verkehr ganz hatte sperren lassen wollen. Wenn überhaupt eine Durchfahrt gestattet sein sollte, hatte sie gefordert, dann eine Dreißiger-Zone. Ihr Haus lag am Ende der Straße, und die Autos, die am Straßenrand geparkt standen, hatten alle einen Hagelschaden durch das Unwetter davongetragen. Ich dachte an den Herrn Konrad, meinen Kollegen bei der Versicherung, an den Konradi, wie er genannt wurde. Der hätte seine Freude dran, wenn er dies sehen würde, Blechschäden über Blechschäden, hieße Neukunden über Neukunden, hieße Provision, Provision. Ob er seine Erdgasversicherung unter die Leute gebracht hatte? Bei all dem Unglück, der Preissteigerung sicherlich; Menschheitsdummkostviel ...

Dann packte ich zu, packte an, schleifte weg, die Birke wie die Kiefer, die Erle wie die Pappel, Haselnußstrauch, Holunder und Brombeere, Sträuchermeer, putzte, wischte, kehrte als käme ganz Rom zu Besuch; hatte mir Straße für Straße vorgenommen, arbeitete von morgens bis abends, dachte kaum in diesen Tagen, dachte wenig, so gut wie nichts, außer das: Jetzt! Diese Aufgabe.

Zuletzt setzte ich die Scheune der Bräuningers in Brand. In Werners Garage fand ich doch tatsächlich vier Benzinkanister. Zündlersohn, du Held – und Mephisto meiner Nächte (der Weg zur Hölle ist gepflastert mit guten Vorsätzen, nicht wahr? Eine noble Gesinnung schafft noch lange keine bessere Realität) ...

Die Pferde niedergestreckt: Asche zu Asche, Staub zu Staub. All das Aas, einschließlich Hans-Dieters Aquarium samt den Fischleichen: Asche zu Asche, Staub zu Staub.

Hier war der Boden hierfür; hier waren aber auch das Riedgras und das Moos, es bewuchs, war die Wir-decken-dich-zu-Schicht nicht kleiner Torfflächen. Und diese dicht und üppig bewachsenen Flächen, Wiesen, sah ich hinter der Scheune vom Bräuninger, Wiesen über Wiesen: mit Farben, die zu mischen erst einmal ein Maler versuchen sollte. Hier wuchs es wild, hier war die selbstregulierende, von keinem denkenden Hirn umgestaltete, behandelte, nutzbar gemachte, wie nichts sonst gemachte Natur. Hier war der Ort fürs Bleiben, dachten wir, damals, als wir das erste Mal ... Ina und ich, das Haus und die Bar, und dort der Mutterboden, und sich hineinfallen lassen und atmen, dachten wir ...

Es war ein Riesenfeuer, das ich da angezündet hatte. Daß ich vorher nicht darauf gekommen war, ein Feuer zu legen, ein Hilferuf; irgend jemand außerhalb der diesseitigen Grenze müßte es doch sehen, jemanden müßte es doch geben, auf der anderen Seite des Inns, oder einen Bergwanderer, eine Menschenzahl an Bergkletterern, irgendein gottverflucht Lebendes mit Armen und Beinen, einem Kopf, einem Rumpf, einer Muskelkraft.

Kurz überlegte ich, die Gestalten aus der Bar ins Feuer zu werfen. Die Gestalten, leblose Kalkkreaturen. Ja, das waren sie, mehr waren sie nicht mehr. Ich würde Beweise vernichten. Auch die Fotos von ihnen hineinwerfen. Ich würde einfach so tun, als hätte es sie nie gegeben. Aber wen würde es interessieren? Vielleicht gab es ja wirklich niemanden mehr, außer mir.

Denn auch jetzt hörte ich keinen Laut, kein Hubschraubergeräusch, keinen Suchtrupp; die Scheune war abgebrannt. Zwei Stunden saß ich auf dem Baumstamm, blickte über die Glut in die Weite, dann wagte ich es noch einmal: Ich bewegte mich noch einmal an die Dorfgrenze heran. Mein Knöchel war seit langem wieder heil; ich stapfte los, setzte mich auf den Traktor, tuckerte auf die Hauptstraße, erst in die eine Richtung, dann in die andere, fuhr in Waldwege, stoppte an einem Bach, fuhr durchs Wasser, wieder aus ihm heraus. Ich hatte es mir wirklich vorgenommen, aber etwas hinderte mich, so, als habe sich etwas in meinem Inneren dafür entschieden, dazubleiben. Diesmal war ich es, ich allein, die bleiben wollte, ich fuhr nicht über das Willkommensschild hinaus, betrat keine Brücke, keine weitere Waldschneise, die in den Nachbarort führte. Ich dachte, was, wenn es dort drüben tatsächlich, so wie ich es vermutete, noch schlimmer käme, was, wenn ich auf niemanden treffen würde, wenn ich also der Hoffnung allein anheimfiele, es nichts gäbe, worauf ich würde hoffen können? Warum sonst war noch niemand zu mir gekommen, hatte das Dorf aufgesucht wie eh, hatte einen Urlaub oder einen Verwandtenbesuch hier verbracht?

Ich kehrte zurück über den Hügel, zurück in unser Haus. Etwas Eingefrorenes taute ich auf. Ich würde mir aus dem Schützenverein ein Gewehr holen, mit dem Kater und Bautz in den Wald tappen und vielleicht ein Fleischartiges erlegen, ein Wildschwein oder einen Hirsch. Ja, dann, dachte ich, erleichtert, wenn der Hunger nicht mehr befriedigt werden kann, das Eingefrorene verzehrt worden wäre, dann würde ich mir ein Fleisch schießen. Das Eingefrorene, die Dosen und die Kartoffeln würden noch etwa drei bis vier Wochen ausreichen, wenn ich rationierte. Drei bis vier Wochen also, bis dahin würde ich ein Gewehr ein Gewehr sein lassen, eine Munition eine Munition, einen Schuß einen Schuß. Ich würde bis dahin nach keinem Fisch im Bach Ausschau halten, keine Beere von einem Strauch pflücken, auf keinen Bärlauch hoffen.

Konnte sein, daß sich die Zeit, die meinige, doch noch anhielte, ich mir ein heißes Wasser aufsetzen und daran erstarren würde, wie all die anderen. Zack. Aus. Schluß. Vorbei, weg die Bewußtheit, beim ersten Schluck.

Ich führte meine Lektüre fort, Zeile um Zeile, Buch um Buch, Aufzeichnung um Aufzeichnung. Sicher sein konnte ich mir nicht mehr, welches Datum das Heute, das Gestern war, welcher Wochentag. Ich spürte, daß die Tage kürzer und die Nächte länger wurden, wußte, daß es August war; der Mais wäre bald geerntet worden. Ich steuerte geradewegs, wie jedes Jahr um diese Zeit, auf die Tagundnachtgleiche zu; das hatte zur Folge, daß ich langsam, aber stetig über die Wintermonate nachdenken mußte. Bisher funktionierte die Stromversorgung, das Warmwasser. Aber was, wenn mich die Energiezufuhr im Stich lassen, ein weiteres Unwetter aufziehen würde, das die Leitungen kappen würde? Oder wenn ein Jemand, falls es diesen gab, wegen unbezahlter Rechnung oder weil ihm danach war, keinen Strom mehr liefern würde? Ich fing an, Kerzen, Feuerzeuge und Streichhölzer zu horten. In den Häusern des Dorfes, in der Bar, im Supermarkt fand ich reichlich davon. Ich schleppte aus den Kellern, aus den Garagen der Anwohner, die einen Kamin oder einen Kachelofen im Winter beheizten, weil die Wärme eine andere war, Gemütlichkeit spendete, Holz und Kohle zusammen. Ich bedauerte, daß ich Inas Wunsch nach einem Kamin, den sie letztes Jahr hatte einbauen lassen wollen, nicht nachgekommen war. Ich bedauerte es nicht nur, ich ärgerte mich gram.

Eines Tages stellte ich fest, daß Bautz Nachwuchs in sich trug. Ich freute mich wie ein Kind. Überhaupt stellte ich mehr und mehr fest, daß es wiederkehrte, dies Kinderweltengefühl. Ich summte Einschlaflieder vor mich hin, halluzinierte Schneemänner mit Hüten – im August, schrieb einen Weihnachtswunschzettel für jedes Kind, das ich im Dorf vorgefunden hatte, die spielenden, in einem Sandkasten sitzenden, deren Eltern noch nie begonnen hatten, sich von ihren Großeltern- und Elternaugen abzuwenden; denn immerzu dasselbe kehrt zurück: Ein einzig Leben nur in Urahnen: der Metzger ein Metzgersohn, der Schuhmacher ein Schuhmachersohn.

Dachte: Wie überraschend wäre es, würde man Generation um Generation abdienen in einer Sekunde, nicht, wie es uns auferlegt ist, abdienen ein Leben lang; wir hätten eine neue Sprache ...

Ina hatte diesbezüglich einen Versuch unternommen. Auch Werner, vermutete ich. Da lag eine Geschichte auf der Globuslandstraße. Für jeden von uns eine andere, und doch war es dieselbe, nicht nur für Werner, Ina oder mich. Wenn das Leben nicht mehr nur ein Inneres war, sondern von außen kam, einschlagend wie eine Granate, eine Weltenvernetzung, wie sie früher nur den Göttern zuerkannt war, ein Weltenüberblick, dem wir nahegerückt sind, in der Informationsflut, die uns täglich begleitet wie unser eigener Busen, gibt es trotzdem kein Dasein, das bereit ist, wie ein Vogel aus der Luft zu fallen.

Das hatte Ina nicht geglaubt. Einem Dichter sei es nicht gestattet, einem wahren Lyriker, sagt man heute, nicht zu verwechseln mit einem Schriftsteller, der sich Autor nennt im Heute, dem Ordinären anheimzufallen, dem primitiven Leben, dem abgezirkelten kleinen Paradies, in dem er sich einrichtet, um sich sein Schuhwerk auswählen zu können, in dem er läuft, immer auf dem Sprung, weg von sich selbst.

Traurig, traurig, wenn die Gräber sich häuten, und Stille in den Häusern ...

Bei der Kapelle hatte ich dann, als die Erde wieder trokken war, die Amseln und Stare und alle anderen Freifliegenden sich versammelt hatten und warteten, daß ich ihnen trockenes Brot zuwerfen würde, das ich schon lange nicht mehr hatte, einmal mehr das Grab von Werners Großvater umsorgt. Es lag ein paar Schritte entfernt von Inas. Er war Bezirksvorsitzender gewesen, ein Politiker auf kommunaler Ebene, hatte hoch hinaus gewollt, aber der Alkohol hatte ihn schon früh trüb und träge werden lassen, nachdem ihm der Größenwahn und die eigene Zukunft abhanden gekommen waren. Dreimal hatte man ihn in eine Klinik einweisen lassen. Und trotzdem war er erst im biblischen Alter von neunundneunzig Jahren gestorben, ein paar Monate vor

Ina. Er hatte uns das Haus vermietet, das ein ganzes Jahrzehnt leer gestanden hatte. Den Kammerjäger hatten wir vor dem Einzug kommen lassen müssen. Im Keller plagten sich die Ratten durch das Mauerwerk, gefräßig und nicht totzukriegen. Den Großwerner, so nannte Werner ihn, denn auch er, der Vater des Vaters, hieß Werner, so gab man weiter Namen um Namen in diesem Dorf, hatte im Garten sitzend ein Herzstillstand ereilt. Es war ein durch und durch unaufgeregter Tod. Der würde über hundert, hatte Werner gewettet, mit einem Fremden bei einem Glas Bier sitzend vor dem Vereinshaus. Wir würden ihn noch erleben, den Hundertsten. Und da stand es auf dem Grabstein: Im hundertsten Jahr verschieden, unser alles geliebter Werner, Vater und Großvater. Man hatte ihn neben, nicht über seine Frau gelegt. Verstorben an einer natürlichen Todesursache, stand in der Sterbeurkunde, die mir Werner gezeigt hatte, weil er es nicht glauben konnte, daß man einem Verstorbenen am Ende eine Urkunde ausstellt. Ich sagte, das sei nur natürlich, es gebe doch auch eine Geburtsurkunde. Ein Menschenleben würde ausgezeichnet von Beginn an, erst dieser Tag, diese Sekunde und dieser Monat; was ist es denn anderes als eine Auszeichnung, dieser erste Atem? Und am Ende, fragte ich Werner, was ist es denn anderes als eine Auszeichnung, so ein Leben gelebt zu haben, nichts anderes als eine Existenzbescheinigung, wie der Paß, eine Notiz bei einem Arzt, eine Personenregistrierung bei einer Bank. Ja, so gesehen, sagte Werner, und nach seinem Ableben wird einer wiederverwertet, seine Organe, seine Innereien, wenn sie denn noch funktionieren. Oder man guckt in ihn hinein, in sein Innerstes, wühlt in seinen Eingeweiden, weil man seinen Tod nicht glauben mag, sucht nach Ursachen wie bei einem Gefährt, das plötzlich keinen Mucks mehr von sich gibt. Im Falle von Werners Großvater gab es keinen Grund, den Toten für eine Obduktion freizugeben. Anders war es bei Ina. Sie war laut Krankenhausbericht ebenso an einer natürlichen Todesursache verstorben, ebensolch einem Ermüdetsein, einem schläfrig gewordenen Hohlmuskel also. Geschrieben in großen, maschinengesetzten Buchstaben stand es da: akute Herzinsuffizienz. Doch das Krankenhauspersonal und die Ärzteschaft dort in der Kreisstadt drängten nach einer schnellen, möglichst noch in derselben Stunde angesetzten Obduktion.

War es die linke Seite, genannt Linksherzinsuffizienz? War es ein Lungenödem Tage vorher, unbemerkt womöglich? Pumpte das Herz kein Blut mehr in die Vorhöfe? Sah man den Blutdruck gesenkt schon immer? Diese Schläfrigkeit immerzu, hatte ich dann gesagt, dem Arzt, der das Beileid aussprach, der nervös war, sich ertappt fühlte, wie eines nicht mehr gutzumachenden Fehlers wegen. Sehen Sie, sagte er, es gab keine Anzeichen bei so einem jungen Menschen für so einen Tod, so plötzlich. Die Untersuchungen ergaben:

Nicht nennenswerte Entzündung im Körper, ein nicht nennenswerter Anstieg der Leukozyten. Nicht mal antibiotikaverdächtig. Es habe keinen Handlungsbedarf gegeben, kein Aufbäumen der Patientin; sollte ich glauben und schlucken wie festgefrorene Scheiße, habe ich geschluckt bis heute ...

Ein Bakterium oder ein Virus, das Organe angriff. Oder, Ina, hast du selbst Hand angelegt, dein Herz stillstehen lassen? Oder die Luft angehalten, einfach so, ein paar lange Minuten?

Stand ein Beatmungsgerät an deinem Bett, war die Schwester unaufmerksam während ihres Rundganges gegen drei Uhr morgens, waren weitere Untersuchungen am nächsten Tag verordnet worden? Die hattest du verweigert, ein erneutes EKG und eine Kernspintomografie; das stand im Schwesterntagebuch, hatte man mir gesagt, als ich deine Sachen, deine Wäsche, deinen Kulturbeutel mit der Zahnbürste darin und ein paar Bücher am neunten Februar mit nach Hause nahm, ohne dich.

Zu späterer Stunde, als ich in der Bar eine halbvolle Kiste Augustiner-Bier fand unter dem Verpackungsmaterial, den Kartons, und eines davon öffnete und froh war, daß ich sie, meine Gestalten, dann doch nicht ins Feuer gestoßen hatte, und auf Bautz trank, dann auf jede einzelne der Kalkkreaturen, die um mich herum vor sich hin starrten, flehte ich einen jeden an; ein Wehlaut, wie ihn die Wölfe ausstoßen des Nachts. Kommet zurück, sagte ich, ansonsten die Ratten eure Häuser überfallen. Der hinterhältigen Tode seien genug, auch schlinge sich der Efeu langsam um den Ort; bat um einen Zusammenhalt jetzt und in dieser Stunde. Kein Korn sei gesät, kein Maibaum gefällt worden; entschuldigte mich für Ina, daß sie, soweit ich es nun im Überblick hatte, das Dorf nach Nirgendwo geschrieben, keinen Blick nach rechts, auch keinen nach links gerichtet hatte, daß da notiert worden war: Bergwald sei ein stinkendes, in jeder Hinsicht korruptes Nest, wo ein Bauer kein Bauer mehr ist, sondern ein Geschäftsmann, wo Mägde gefickt werden und Hausherren sonntags das Kreuz polieren, wo klein ist, was klein bleibt, wo kein Ort nirgends ist, der Polizeiwachtmeister einen Mercedes fährt und die Worte hinter Mauern gerückt sind, dreiaffig: nichts hören, nichts sehen, nichts lauten.

Hatte ich dann gedacht: Wo Wahrheit glaubt, was Wahrheit ist...

Vernehmlich zugehört hast du nie, Ina. Hatte der Stöllinger seinen Mercedes nur geleast, für eine Woche, um seiner Tochter zu gefallen, holte sie ab vom Flughafen in Frankfurt, kam im Kimono angereist, die Tochter, aus Japan zu Besuch. Hatte die Tochter für fünf Jahre einen Auftrag für eine Galerie in Tokio, verkaufte Kunst, wollte der Stöllinger was hermachen mit seinem Mercedes, wußte jeder, nur du nicht, Ina.

Es hatte mich nicht zu einem weiteren Bier getrieben; mir fehlte dann doch die Ansprache, hatte mich dem Werner zugewandt, ihn angestarrt. Weißt du, sagte ich, dieser Sonntag, der sitzt mir noch wie ein Marder im Nacken, traue dir keinen Meter über den Weg, du hast meine Mutter beschimpft, die du nicht kennst, du Zündlerwerner von einem Idioten.

Und so war ich wieder der Grausamkeit anheimgefallen, so wie ein jeder seiner Grausamkeit anheimfällt, wenn es ihm an den Kragen geht; einem jeden geht jeden Tag irgend etwas an den Kragen. Ich trank das Bier aus und beschimpfte Werner, so wie eine Frau einen Mann beschimpft, wenn das Begehren zum Kriegsschauplatz wird, ich sagte: Du brauchst ein Hausmütterchen, das sich vor dich hinlegt und in das du hineinstoßen kannst, das kein eigenes Begehren hat. Eine Frau mit einem Lustwillen ist dir unheimlich. Es macht dir angst, du mußt es zerstören. Schweinehund, du.

Ich hielt fest an diesem Abend: Außen ist vieles anders

geworden. Aber innen ist nichts ohne Handlung. Es gibt keine Rolle, die gekannt ist. Der Wunsch: Falsches abnehmen und wirklich sein, immerzu ein Stück verkleidet, wenn auch die Anzüge, die Kleider, zu groß oder zu klein, der Versuch eines Schauspielers, maßgeschneidert sich zu zeigen unter seiner Hülle ...

Ich redete mich in meinen eigenen Kopf hinein.

Der erste Schuß fiel schon drei Wochen später. Ich hatte schlecht hausgehalten, hatte Bautz und auch dem Kater mehr als sonst von meinem Essen abgegeben, hatte an die Kätzchen gedacht, daß sie wohl zur Welt kämen. Ich übte mich im Zielen und Abdrücken. War in das Vereinshaus gegangen, mußte den Schrank aufbrechen, in dem die Gewehre standen, ein jedes mit einem Namen versehen. Ich testete alle Gewehre, es waren zwölf, bis ich am Ende nicht mehr wußte, welches wem gehörte. Das vorletzte war es schließlich, das mir am besten in der Hand lag. Ein Kenner hätte mir sicherlich kein Talent zugestanden. Ich verschoß ein Magazin und noch ein Magazin, und das Ergebnis auf der Zielscheibe war erschreckend. Meist hatte ich nicht mal den äußersten Kreis erwischt. Da war, im Gegensatz dazu, das Treffen der Keramikröhrchen an einem Schießstand auf dem Jahrmarkt ein leichtes. Die Schüsse brannten in meinen Ohren, ein jeder für sich. Aber ich machte mich auf, hatte eine lange Hose und Gummistiefel angezogen, wegen der Zecken, die hier gefürchtet wurden wie andernorts Schlangen.

Im Wald dann.

Dort Gewächse, sie liebten den Schatten, hatten ihre Wurzeln im Boden. Keine Schlüsselblumen mehr, keine

Veilchen oder Leberblümchen, der Sommer war auch hier angekommen. Wie Säulen standen die Bäume mit ihren vorwiegend sehr schlanken, bräunlichen Zweigen; im dichten Unterholz, das als Bleibe bestimmt, für tauglich befunden von nicht den Schatten fliehenden Gewächsen. Unterholz und Gestrüpp erschwerten mein Vorwärtskommen, ich suchte den Hochstand, war umhergeirrt. Da aber fand ich Spuren auf dem Boden; hier war schon jemand gegangen, eine Pfote der anderen hinterhergelaufen. Ich wurde schwermütig, fallend schwer; würde begraben werden eigens von mir, würde schließlich meinen eigenen Tod auch selbst eingraben müssen, wie es aussah. Schritt fort, suchte, guckte, entschied, dort, hier, ein Start, eine Plazierung, wenn schon der Hochstand nicht in Sicht, dann ein Gestrüpp, das Sichtweite gab. Das Auge nun, das meinige, kriegerisch, suchend, blickend; wo sind sie denn nur gewesen, kommet, kommet. Dann ein Knacken, ein nochmaliges, gegenüber; ich habe einen windstillen Grund für mich loszujagen. Solange ich sein muß, bin ich hungrig, hört, und da war er wieder, der Satz: «Die Existenz des einen bedeutet die Vernichtung des anderen.» Ich will und will diesen Satz nimmermehr wissen, dachte ich und schoß in ein Leeres, in Richtung Knacken; ging hinüber, suchte, fand auf Buchenblättern Spinnennetze, nichts sonst, habe mich dann einem Netz gewidmet, einer Spinne, die ihrer Bestimmung nachging. Wie der Faden aus ihr herauswuchs; von der Mitte her hatte sie gezogen einen Faden auswärts und flink wieder zur Mitte hin, nach außen, dann war ihr Ziel wieder die Mitte und so fort. Ganz eilig spann sie Faden um Faden, dann ein Umkreisen, von außen zur Mitte, ein Füßeln, ein dünner Faden umspann kreisend den Hauptfaden. Auf die Beute wartete ich nicht, denn nun sprang etwas aus dem Dickicht. Ich legte das Gewehr an, so schnell und genau, wie die Spinne ihr Netz spann, und schoß, und ein Jaulen wehte herüber, ein Aufjaulen. Ich lief hin und sah:

Da lag niedergestreckt der Schäferhund vom Hans-Peter. Ich hatte ihm den Garaus gemacht.

Fragte mich, wo er die ganze Zeit über gewesen war. Ich hatte ihn kein einziges Mal in diesen Monaten gesehen. Kein Bellen gehört. Kein Jaulen. Er war aus dem Nichts plötzlich aufgetaucht.

Schleifte ihn schließlich zum Haus, wollte ihn begraben, doch dann: Was man liebt, das verspeist man, hörte ich Ina – und auch meine Großmutter an einem zweiten Weihnachtsfeiertag, als ein Hase lag im Rohr. Ich hatte ihn gemästet, beschmust, eine Zeitlang; keinen Bissen hätte ich von ihm nehmen wollen. Sah die Großmutter und die Verwandten, Cousine um Cousine, den Vater und einen Nachbarn, wie sie schlangen und schmatzten, ihn aßen, verliebt, wie sie waren in das tote Tier.

Aber einen Hund?

Einen Hund, der mir vertraut war. Ohjemineeeee...

Ich holte Schnaps aus der Bar, trank.

Dann ging ich es an.

Wie ein Schwein geschlachtet, einem Lamm die Leber herausgerissen, einem Rind der Nacken durchgesägt und einem Huhn der Kopf abgehackt, wie Fische filetiert und Enten ausgenommen werden, so konnte ich einem Hund das Fell abziehen?

Fürwahr, ich konnte es.

Während ich diese Knochen zersägte, das Fleisch abtrennte, war ich in Gedanken bei Hans-Peter, seiner unbändigen Wut auf das Tier, seinen Tritten und Schlägen, seinem Ausspruch: A Hund is a Hund und bleibt a Hund, des steht nirgends gschriem, daß ma an Hund net schlong derf. Mir tat der Hund leid, immer schon; ich hatte ihm zuallererst die Augen verbunden, so daß ich seinem toten Blick nicht ausgesetzt war. Irgendwann war ich dann in meinem Inneren bei den Erdbeeren mit Vanilleeis gelandet, der Nachspeise, die Ina sich gewünscht hatte, am letzten Tag, den sie verlebt hatte. Susanne war mit mir gekommen. Wir standen gemeinsam vor dem Krankenbett und wunderten uns, wie gutlaunig Ina war, wie redselig; hab' sie so nie erlebt, hatte Susanne auf dem Nachhauseweg gesagt, es geht aufwärts. Ein Aufbäumen war das am Ende; Stunden zuvor, sagt man, unterstellt man dem Leben, daß es sich noch einmal aufbäume, als sammelten sich kurz vor der Todesstunde noch einmal alle Kräfte in einem Körper, einem Geist. Blitzschnell ist der Verstand da, hellwach. Der Hunger ruft, das Verlangen nach dem Körper steigt, bis die Seele gen Himmel saust. Der Geistliche im Dorf hatte mir das gesagt, weil der Schock, da, an diesem Vormittag, mich hatte tobsüchtig werden lassen; die Kreuze hatte ich von den Wänden gerissen und, wohin ich kam, den Werner geprügelt, mit Recht.

Bevor ich an das Fleisch ging, das ich natürlich eingefroren hatte, vergingen drei Tage, in denen ich hungerte. Ich hatte keine Ahnung, wie man einen Hund zubereitete. Was mich jedoch beruhigte, war, daß Hundefleisch in anderen Kulturkreisen sehr wohl verzehrt wurde; ich mußte es auftauen, während nun plötzlich Bautz ihre Jungen geworfen hatte, ohne daß ich es mitbekommen hatte. Jetzt sah ich sechs an der Zahl, sechs kleine Kätzchen. Ich wunderte mich über den Kater, der teilnahmslos vor dem Herd auf und ab ging, über Bautz, die ganz entspannt eines nach dem anderen sauberleckte.

Ich feierte ein Fest, weil Leben da …

Bald lag morgens Reif über den Wiesen. Der Herbst kam. Das Obst war von den Bäumen gefallen. Ich aß sehr viele Äpfel. Im Wald jagte ich ausschließlich Kleingetier, Hasen, nur einmal schoß ich ein Reh. Obwohl mir das Töten nun leichter von der Hand ging, rief ich vor jedem Schuß ein Beileid aus; das hatte ich mir angewöhnt, auch hatte ich mir angewöhnt, jede Beute in einem Notizblock festzuhalten. Denn immer noch, obwohl mir das Töten leichter von der Hand ging, wich die Tat aus meinem Körper, so als habe ein anderer sie begangen, setzte sich in meinem Gedächtnis des Nichtgewesenen fest, blieb also eine Erinnerung an eine vergangene Tat, die niemals Gegenwart war. Vielleicht war es das erste Mal, daß ich Ina verstand; denn auch sie notierte, da war ich mir nun ganz sicher, kritzelte, schrieb, spann Satz um Satz, hielt fotografisch Worthäuser fest, um sich selbst ein Existenzbeweis zu sein. Ihr Fokus lag auf den schmerzvollen Erfahrungen; der Schmerz aber, ein Schmerzensdasein, ist lebensuntauglich. Eine Schmerzenslust hingegen überdauert ein Leben, den Gequälten und das Gequälte; so nah liegt der Schmerz bei der Lust. Auf dem Campingstuhl sitzend, fragte ich Ina: Sag, war es das? Konntest du nur im Schmerz empfinden? Im Abschied? Im Alleingelassensein? Hast du am Ende keine Worthäuser mehr bauen müssen, weil glücklich mit mir? Hat der Hohlmuskel über der Magengrube das nicht verkraftet? Wolltest du deshalb den Ort verlassen, weil Zufriedenheit einkehrte?

Kam ich dir nun näher, oder entfernte ich mich noch weiter von dir?

Ein so grundlegender Irrtum, mag sein, aber ich denke mich tief...

Einmal aß ich einen Frosch in diesen Tagen; ich hatte ein asiatisches Kochbuch in einer Kiste entdeckt. Gewürze fand ich allerhand in der Gaststätte. Auch fand ich dort noch ein Kilo Reis; das hatte ich übersehen, damals, als ich im Dorf nach Eßbarem suchte.

Einmal, hatte Ina gesagt, einmal werde ich einen Frosch zubereiten. Sie hatte das asiatische Kochbuch von Gudrun geschenkt bekommen, die damit nichts hatte anfangen können.

Ich dachte mich in ein Abendmahl hinein mit Ina, an unserem Tisch sitzend; auf ihrem Stuhl war ich noch nie gesessen. Auch nachdem sie nicht mehr war, traute ich mich nicht, mich auf ihn zu setzen. Ein Stuhl sei wie eine Zahnbürste; der sollte keinem anderen gehören als einem selbst, der hätte ein Eigenleben. Ich hatte das respektiert. Wenn ich Besuch empfangen hatte und Ina nicht da war, legte ich einen Zettel auf den Stuhl: Bitte nicht setzen! Immer wieder fragte jemand: Ist er kaputt. Ich sagte: Nein, nur besetzt.

Und schon hatte ich diese Zeilen vor Augen, jetzt, da ich mich in dies Abendmahl dachte:

stand ein tisch zwischen uns
oder ein stuhl oder standen
wir uns näher
unfraglich jedenfalls sahen
wir zu boden auf unsere füße

Hatte den Frosch mit einer Armbrust geschossen, auch die hatte ich im Vereinshaus gefunden, schnitt das Vorderteil ganz ab, zog die Haut von den Beinen, hackte die Füße ab und legte die Schenkel über Nacht in kaltes Wasser, richtete sie dann zu wie die von jungen Hühnern, wußte aus dem Kochbuch, daß das Fleisch zart und fein schmecken würde, tat mich schwer, es zu glauben, denn nachdem ich es frikassiert hatte, sah es trocken und zäh aus. Dachte mich in das Abendmahl mit Ina hinein, saß ihrem Stuhl gegenüber. Sagte sie: Laß es dir schmecken. Sagte: Sieh, draußen regnet es Blätter. Ja, ein Rascheln; Herbstwind war aufgekommen. Wenig Worte hatte ich anfangs in das Abendmahl hineingedacht; ich dachte eine Stimmung, ein Gefühl, das ich hervorholte, das da war an vielen Abenden, die wir gemeinsam verbracht hatten. Ein Schweigen, ein stundenlanges, angenehmes, meist angenehmes, wie es nur mit wenigen Menschen möglich ist. Manchmal der Satz: Was denkst du? Meist aus meinem Mund; wie eine Frau einen Mann fragen würde, im Wissen, es käme wie immer nur dies: Nichts. Und Ina lachte, weil auch sie daran dachte, an diese Antwort: Ich denke nichts; es dann sagte mit Genuß und Freude, weil sie wußte, daß auch ich nun lachen mußte. Und dann überlegte ich mir irgendeinen Satz, einen Satz wie diesen: Ich dachte an einen Igel, der gestern unter dem Auto saß. Das sagte ich. Und wir spielten sie durch, diese Szenerien, die wir an vielen Tischen, an vielen Abenden vermuteten, in anderen Häusern, in denen Menschen saßen, Frauen und Männer, mit Kindern oder ohne. Wir spielten uns in fremde Beziehungshäuser. Ja, einen Igel habe ich gestern gesehen, und Ina: Aha, einen Igel. Er war krank, sagte ich, ich habe mich nicht um ihn gekümmert. Und Ina sagte nichts, stand auf, ging auf die Terrasse, rauchte eine Zigarette. Wie es ein Mann vielleicht täte, so stellten wir es uns vor. Und ich hinterher. Und ich lachte, weil Ina zum Wald sah, unnahbar, ohne Bezug zu mir, und ich sagte nun vorwurfsvoll, eingeschnappt, wie ich mir eine Frau vorstellte, die sich abgewiesen fühlt: Glaub' dir nicht, daß du nichts denkst. Jeder denkt irgend etwas. Meinst du, sagte Ina. Und sie sagte es überzeugend, so daß ich nicht mehr wußte, ob wir uns noch in einem Spiel einem fremden Beziehungshaus befanden oder in unserem eigenen. Und ich sagte: Ja, das meine ich. Und sie: Dann meinst du das, kann ich auch nichts für. Eine Weile standen wir dann so, dachte ich, als ich mich in ein Abendmahl mit Ina hineindachte und einen Froschschenkel aß, der meinen Hunger zwar nicht stillte, aber schmeckte, genauso schmeckte, wie es im Kochbuch stand, zart, fein, besser als junges Huhn. Nun ja, ich kenne Leute, die sehen aus, als hätten sie Steine geschluckt, dachte ich dann – und sagte es zu Ina, da, auf der Terrasse. Mhm, sagte sie, und ich, um sie herauszufordern: Der Wert unseres Daseins hängt durchaus nicht immer von dessen Schwere ab. Und nun waren wir wohl wirklich in unserem Beziehungshaus, denn Ina sah mich an, sagte, das würde eine Frau jetzt nicht zu ihrem Mann sagen. Sie würde nämlich nichts mehr sagen, sie würde die Stille hinunterschlukken, die ihr im Hals steckenbleiben würde, Jahr um Jahr, bis der Kehlkopfkrebs sie aufrütteln würde. Dann würde sie sich vielleicht von ihrem Mann trennen, und der Mann würde plötzlich aufschrecken; er würde aufgerüttelt, aufgescheucht in rasender Benommenheit, seine Frau erst beschimpfen, dann in Tränen ausbrechen und schließlich mit Selbstmord drohen. Das wäre meine Dramaturgie, sagte Ina.

Und ich: Nein, nein, so würde es nicht geschehen. Dieser Mann würde niemals mit Selbstmord drohen. Dieser Mann würde seine Frau sterben lassen, sich eine jüngere suchen; der würde er sehr viel zu erzählen haben. Er würde der jungen Frau die Welt zu Füßen legen. Er wäre froh, daß er endlich frei wäre.

Er würde die Freiheit nicht genießen, sagte Ina, niemals.

Doch, das würde er, sagte ich.

Weniger als zwei Jahre, sagte Ina.

Laß es fünf sein, sagte ich.

Gut, fünf, mehr aber nicht.

Dann würde die Wiederholung der Wiederholung sich wiederholen. Nach fünf Jahren würde der Mann wieder in sein Schweigen fallen.

Das sind verdammt gute Klischees, sagte Ina. Ich glaube, wir täuschen uns. Ich glaube, wir hängen immer noch fest an uraltem Gedankengut.

Wir müssen die Beziehungshäuser neu denken.

Wir sind auch eine Beziehung.

Dann kam ich wieder in diese Gefilde, während ich mich also in das Abendmahl mit Ina hineindachte. Ich dachte, was sind die am schlimmsten beleidigenden Vermutungen in der Gegenwart? ... Du liebst mich nicht mehr. Demgemäß das Quietschen der Tür, die auf den Dachboden führt, gefolgt vom Zuknallen ...

Denn etwas saß plötzlich nicht mehr am rechten Ort, zuviel der Worte, ein Blick, wie in den anderen Beziehungshäusern. Ina schmeckte der Froschschenkel nicht, Ina interessierte sich nicht für die Bar, Ina glaubte, ich hätte sie betrogen mit einem Fremden aus dem Dorf. Hatte eine Telefonnummer gefunden mit einem gemalten Herz darunter und einer Männerhandschrift. Sagte ich, das ist die Nummer vom Klempner, ein gemaltes Herz von Hans-Dieter, der mir die Nummer gegeben hat, schon vor einem Monat. Geh und frag ihn. Aber da war plötzlich kein Durchkommen durch die Tür, die auf den Dachboden führt. Dann flogen Bücher aus dem Haus, von oben herab, und ein Radio und immer wieder die am schlimmsten beleidigenden Vermutungen in der Gegenwart ...

Haben wir nie geschafft, Ina, neu zu denken. Haben wir uns zu sehr einander zugemutet, vielleicht?

stand ein tisch zwischen uns
oder ein stuhl oder standen
wir uns näher
unfraglich jedenfalls sahen
wir zu boden auf unsere füße

Es muß Ende September gewesen sein, vermutlich der zweiundzwanzigste; ich notierte diesen Tag, um mir wieder eine zeitliche Orientierung zu geben. Ich hatte sie in der Tat verloren; ich suchte einen Jahreskalender und stellte fest, es war ein Sonntag, wenn es stimmte, daß etwa am zweiundzwanzigsten September jeden Jahres die Tagundnachtgleiche einsetzte. Es war nur ein Gefühl, das mir sagte, daß der Tag und die Nacht nun ungefähr gleich lang waren. Auch standen heute Bundestagswahlen an, oder in diesen Tagen, das hatte ich noch erinnert, denn während der letzten Nachrichten, die ich übers Fernsehen und übers Radio aufnehmen konnte, wurden die Themen für den Wahlkampf der einzelnen Parteien herausgearbeitet. Ende September also war es, als ich das erste Mal mich nicht mehr in einem Ausnahmezustand fühlte; mehr und mehr fühlte ich Tagesroutine. Ein wenig war ich auch stolz auf mich. War ich doch in völliger Abgeschiedenheit ohne Ansprache überlebenstauglich, hatte ich mir eine Welt, eine innere, geschaffen, die nur mir gehörte. Ich hielt die traurigen Seiten, die Einsamkeit, und die Suche nach Ina gut aus; ich weinte und lachte, sobald mir danach war, lachte, wenn ich Bautz und die Kätzchen beobachtete, wie sie einem Wollknäuel hinterhersprangen, weinte, wenn ich mich an die Feste hier im Dorf erinnerte, an Gesichter, an die Blasmusik, die mich eigentlich belustigte. Erinnerte mich an ein Fingerhakeln und ein Armdrücken, an die Bratwürste und das Bier, an Ina an meiner Seite. Weinte auch, wenn ich an meine Kindertage dachte, an meine Mutter und meinen Vater. Selbst bei Gedanken an meine Zeit vor Ina, an die Tage in der Versicherungsanstalt, mußte ich weinen. Ich weinte mich in den Schlaf, aber am nächsten Morgen erwachte ich, frisch und ohne Augenschmerz, lag noch eine Weile im Bett, bevor ich aufstand und dachte: Mein Tag, den nichts unterbricht, ist wie ein Zifferblatt ohne Zeiger. Dachte: Herrgott, wo hab' ich das nur gelesen. Immer öfter fiel mir auf, daß ich Sätze dachte, die ich nicht mehr zuordnen konnte, die womöglich meiner zwei- bis vierstündigen Lektüre jeden Tag geschuldet waren. Ich hatte mir vieles angeeignet; all die Worthäuser, in denen Ina ein- und ausgegangen war. Ob ich ihr dadurch nähergekommen war, bis dahin, wußte ich nicht. Ich wußte nur, daß sie mich ständig begleitete; in jeder Zeile steckte sie. Und an diesem Tag, der Tagundnachtgleiche, ich hatte ein paar Stunden in der Bar verbracht, begann ich, an einem Theaterstück zu arbeiten. Ich wußte nicht, woher die Worte kamen, ich schrieb wie betäubt, getrieben; ich wußte nicht mehr, ob es meine oder Inas Stimmung war, die in mir steckte, die Angst eines jeden Kindes, verloren zu sein, ohne die Handreichung einer Mutter, die Angst, davon nie loszukommen, die Angst, daß ein Krümchen Brot, das von einem Tisch fällt, gläsern und zerschlagen auf dem Fußboden ankommen würde, und das Bedrückende, daß damit alles für immer zerbrochen sei, die Angst, daß es niemanden auf der Welt gäbe, dem es schlechter ginge als einem selbst, die Angst, daß irgendein Wort, ein banales, ein Guten Tag, in meinem Kopf zu wachsen beginnt und keinen Raum in mir findet, die Angst, daß das alles in einer Sekunde in mir gesehen werden könnte, daß ich nichts mehr verbergen könnte und alles Weitere unsagbar würde.

Ich stellte mir den Werner vor als einen Gast in einem Café, stellte mir Ina vor als einen Schöngeist, die Susanne als eine Frau von einem Dorf und den Harald Waldmann als einen Kellner, der er war.

Ich fing an, ich schrieb:

Einen Amoklauf ließ ich geschehen. Der Gast tötete den Schöngeist, die Frau vom Dorf rief nach einem Gott, und der Kellner verehrte Sartre.

Dachte: Aha!

Das Stück strengte mich an; ich war mit mir, ich war bei mir, war versessen, und doch war ich erleichtert, als ich das Ende setzte. Ich wunderte mich über die Stimme, die mich da begleitet hatte, wie sich das Menschenvolk in diesem Kosmos auffraß, eingekesselt, gefangengehalten in sich selbst. Wo war die Menschenzuneigung geblieben? Ich las das Geschriebene nur einmal durch und suchte mich darin und fand mich auf dem Tisch stehend; blickte nach links und rechts zum Kellner, hoffend, er würde dem Geschehen eine andere Richtung geben, einschreiten. Ich fragte mich, warum ich keine Möglichkeit fand, selbst einzuschreiten, dort auf dem Tisch stehend, dem Amoklauf zusehend; bei allen Bemühungen: ich war dieser Masse Mensch da auf dem Papier ausgeliefert. Ein Gedanke entspringt einer Wahrnehmung, und immerzu bleibt ein Gast ein König. Ich widmete das Stück dem Dorf und legte es in eine Schublade in der Bar. Nachts träumte ich von den Figuren, vom Schuß und dem Toten. Wie oft mag es Ina so ergangen sein? Fragte mich, wie sie den Hohlmuskel geträumt haben mochte, wie sie ihren Nachtfalter hatte zappeln sehen, in einem Traum, über einer Lampe, die, angeknipst, in einer Behausung gestanden haben mochte. Oder sich selbst als Nachtfalter geträumt ...

Geruht hatte ich dann, ein Kinderbuch lesend ...

Der erste Schnee fiel schon Anfang Oktober. Ich kramte meine Norwegerpullover wieder hervor. Motten hatten sich eingenistet. An diesem Tag füllte ich eine Wäschetrommel nach der anderen, stopfte Löcher und sprühte Insektenspray in den Schrank, ohne zu wissen, ob das Spray auch wirkte gegen Motten. Außerdem erblickte ich an diesem Tag im Keller einen Wurf Mäuse, sechs an der Zahl; sie waren noch keine zehn Tage alt, ihre Augen noch verschlossen und ihre Körper noch nackt. Ich suchte nach der Muttermaus. Beschuldigte erst den Kater und Bautz und die Jungen; ich weiß nicht, warum ich eine Affinität zu Mäusen habe, vermutlich, da sie mich in meiner Kindheit begleitet haben.

Ich habe sie gepflegt und gehegt. Sie waren mein gewesen, bis mein Vater sie an einem Versuchslabor abgegeben hatte, denn sie hatten sich in kürzester Zeit vermehrt und meine Mutter geplagt, die unter einer zwanghaften Sauberkeit leidet, die sie selbst nur bedingt gutheißt. Ich bettete die Jungmäuse in Inas Wolldecke und hielt eine Ansprache an das Katzenvolk. Der Kater schaute, als wolle er sagen: Wer frei von Sünde ist, der werfe den ersten Stein. Er sah mich an, und ich wußte, wieder wußte ich: «Die Existenz des einen bedeutet die Vernichtung des anderen.» Wir werden uns nun zivilisiert benehmen, sagte ich. Ich beschloß, kein Tier mehr zu töten. Im Frühjahr würde ich Gemüse anbauen, falls ich noch hiersein würde, der Bräuninger hatte Saatgut in seinem Gehöft, und Gudrun und Hans-Dieter hatten sicherlich auch irgendwo im Haus noch etwas davon. Es gab ein Gemüsebeet im Garten, und die Tomaten und der Salat und die Karotten wurden jedes Jahr gefeiert. Ein Grund zum Feiern hatte sich immer gefunden, sobald die Ernte verzehrbar gewesen. Den Mais feierten sie, die Kartoffeln, auch die Sonnenblumen – und Erntedankfeste, Maifeste, Sonnwendfeste, Nikolausfeste, Weihnachts- und Osterfeste, Kirmes, Kermes, Kirchweih, Fasching, Aschermittwoch, Gemeinderatsfeste, Totenfeste, Geburtsfeste, Tauffeste, Kommunionen und Konfirmationen, Hochzeiten, silberne und goldene, Scheidungen, Einschulungen etc. etc., nicht zu vergessen die Namenstage.

Der Mensch feiert sich raus aus seinem Alltagstrott.

Ab sofort ging ich täglich, also im Oktober war es, aus dem Haus mit einer dicken Jacke und einem Sitzkissen, das ich auf den Campingstuhl legte, sobald ich den Stuhl vor Inas

Grab aufgeklappt hatte. An einem Tag sagte ich Ina, daß ich nun nicht mehr jeden Tag kommen würde, daß ich viele Fragen und gleichzeitig keine einzige mehr an sie hätte, daß es eine Entscheidung gibt, die schon im Leben gefällt werden will, eine, die Leben heißt. Ich entschuldigte mich, daß ich mich so aus dem Staub machte; ich müsse mich nun um das Fortkommen kümmern, egal, was hinter dem Dorf lag. Ich würde zurückkehren, sagte ich. Und am nächsten Tag schon saß ich wieder da. Ich schwieg. Saß nur da und dachte: Du hättest noch eine Weile mit dem Weggehen warten können, ich war noch nicht soweit. Über Werner habe ich dann noch einmal gesprochen. Und über Beziehungshäuser, die sich so einrichten, wie es ihnen möglich ist. Und dann dachte ich, und wieder war es ein Gedanke, den ich irgendwo aufgeschnappt hatte, in irgendeinem von Inas Büchern: «Wie kann man aufgeben, wen man liebt? Einfach verlassen, fertig, und nicht fortsetzen – die Liebe, die stetig ist. Bestimmte Orte verlassen, ein Zimmer, die Straße, alles, was dich etwas anging. Denn wenn es dich etwas anging, dann geht es dich etwas an, und wenn nicht mehr, dann ging es dich nichts an, weil du nur dich selbst verläßt, wenn du etwas verläßt.»

Sagte dann: Schluß jetzt, kann nicht ständig kommen und rezitieren.

Wichtig ist: Ich habe sechs Mäusekinder, auf die ich ein Auge halten muß, denn das Katzenvolk lauert ...

Am nächsten Tag demontierte ich den Campingstuhl und verbrannte das Sitzpolster. Auch nahm ich die Notizen von der Wand und baute Stapel, die ich nebeneinander aufs Parkett legte. Statt zum Friedhof zu gehen, machte ich mich auf zu einem Spaziergang durch den Wald. Ich entdeckte einen Forstweg, den ich, so dachte ich anfangs, zuvor noch nie begangen hatte. Ich fand frische Reifenspuren. Ich kam mir vor wie ein Indianer, oder so, wie ich mir einen Indianer vorstellte, wie ihn sich ein Europäer seit dem Ende des achtzehnten Jahrhunderts vorstellte, oder jemand, der mit Filmen wie Winnetou aufgewachsen war; ein Indianer also, hellwach, der Gefahr lauernd, schnell, klug, naturgeistig. Ich kombinierte: Die Reifenspuren gehörten zu einem LKW, vermutlich einem, der Holzstämme transportierte. Die Spuren waren noch keinen Tag alt. Das Reifenprofil war gut sichtbar; es mußte sich tatsächlich um ein größeres Gefährt gehandelt haben, das hier vorbeigezogen war. Ob ich ein Geräusch vernommen hatte am Morgen, überlegte ich, ein Motorengeräusch, ein Schnauben, ein Rattern, ein Knacken vielleicht; vielleicht war ich gerade unter der Dusche gestanden oder war vom Geräusch des Wasserkessels abgelenkt. Aber ja, Spuren also; die Erde gab wegen des naßkalten Wetters gut nach. Ich sah meine eigenen Fußspuren und verglich sie mit den Reifenspuren. Ich versuchte, ruhig zu bleiben. Ich wußte, hier war heute nacht oder heute am frühen Morgen ein Mensch in einem Fahrzeug gewesen. Ich folgte dem Weg. Ich war etwa schon drei Stunden unterwegs, die Straße führte Richtung Gebirge, und nun erinnerte ich mich: Auf dieser Strecke waren Ina und ich im vorletzten und auch im letzten Winter mit den Langlaufski unterwegs. Ich wußte, wo ich rauskommen würde, und wunderte mich, da ich schon weit über der Dorfgrenze war, daß ich nicht zurückgehalten wurde, kein Schmerz einsetzte, nichts. Ich lief und lief; bald würde der Weg eine Biegung nach rechts machen, und die Straße würde immer enger werden, hineinführen würde sie in einen Feldweg schließlich, der zu einem Bergaufstieg führen würde. Und so war es: Schon von weitem sah ich die Biegung, und dort stand auch das Gefährt, ein Lastkraftwagen, ein Nutzfahrzeug, beladen mit Holzstämmen, wie ich vermutet hatte. Ich pirschte mich heran, ganz langsam, lautlos, so als wäre ich kurz davor, jemanden zu überfallen. Zuerst sah ich mir die Holzstämme auf der Ladefläche an. Es waren die Stämme von Tannen, teures, kostbares Holz. Wie es aussah, transportierte hier jemand Weißtannen; das Holz weißgrau, junge Stämme, glatt und ohne schmale tiefe Risse. Die Baumstämme waren höchstens fünf Jahre alt. Die Nadeln dieser Tanne, so wußte ich von Ina, riechen, wenn sie zerrieben werden, nach Orangenscheiben. Langsam tastete ich mich vor zur Fahrerkabine. Ein ADAC-Atlas lag da, eine Thermoskanne, ein Paar Arbeitshandschuhe, Tabak und eine Tüte Gummibärchen.

Und dann plötzlich:

Ein menschliches Wort, *Sie schickt mir der Himmel.* Der Mann bemühte sich, hochdeutsch zu sprechen, er hatte einen starken niederbayerischen Akzent. *Ich bin der Sepp aus Vilsbiburg, Passau,* sagte er und reichte mir die Hand. *I komm hier net weiter,* sagte er, *irgendwie abgekommen von der Straße, wegen der verfluchten Umleitung, überall leiten sie einen um.* Ob er schon länger unterwegs sei, fragte ich, seit wann er denn hier wäre, ob er an unserem Haus vorbeigefahren sei, oben auf dem Hügel. Er sagte, *keine Ahnung, bin nur der Umleitung nach* – er tat sich schwer mit dem Hochdeutschen. Und das Haus, fragte ich noch einmal. *Vielleicht ja, a Haus, bin an vielen Häusern vorbeikuma, aber is ja koa Mensch hier weit und breit in dem Kaff, i muß rüber nach Tirol.* Ob dort Telefone gingen, fragte ich, *sicher,* sagte er, *hier is ja funkstill, a riesiges Funkloch;*

er öffnete die Fahrertür, zog sich hoch in die Fahrerkabine, hatte Mühe wegen seiner Fettleibigkeit. Er war klein, kurze Beine trugen ihn, und sein Bauchumfang war das Zehnfache von meinem. Fettleibiger als Hans-Dieter, dachte ich. Ich war versucht, ihm zu helfen, ihn zu stützen, aber da hatte er es schon geschafft; saß auf dem Fahrersitz, öffnete das Handschuhfach, holte sein Handy heraus. *Die Baumstemma müssen nach Tirol,* sagte er, *und sehen Sie, wollt mei Frau oaruafa, sengs, do is koa Netz.* Ich nickte; dann zeigte er zur Wegbiegung, *da kum i net weiter.* Ich bot ihm meine Hilfe an; ob er mich mit nach Tirol nehmen könne, fragte ich, wir fuhren den Forstweg zurück. *Sicher,* sagte er, *hob i wenigstens jemand zum ren, komm aus den Karpaten, Slowakei, mußt dann ins Donautal, wega dem Holz, in Wien wo i scho, des is a Weißtanne, die i transportier, die wollns allawei hom, i glab, des is a sehr teires hoaz, verstengas? I moan: verstehen Sie?* Ich nickte; gleich waren wir bei unserem Haus angelangt. Ich überlegte, ob ich wirklich nach Tirol mitfahren sollte oder doch bloß bis zum nächsten großen Bahnhof, vielleicht nach Garmisch. Würde mich dann in einen Zug setzen und in meine Heimatstadt fahren, nach Oberfranken, nach Coburg. Dort würde ich fernbekannte Gesichter treffen, dann weitersehen. Oder nach Berlin, dort hatte ich schließlich acht Jahre meines Lebens verbracht. Etwas Geld hatte ich noch in einem Briefumschlag; meine Bankkarte dürfte ich nicht vergessen. Ich bat den Mann, an unserem Haus zu halten, er solle bitte kurz warten, ich müsse noch ein paar Dinge packen, die ich mitnehmen würde. *San Sie auf der Flucht?* fragte er und lächelte. So könne man es sehen, sagte ich, und bevor ich ausstieg, fragte ich ihn, wann er denn zuletzt einem Menschen begegnet sei, ob er sich daran erinnern könne. Er lachte wieder, *san Sie koa Mensch?* Doch, doch, sagte ich, ich habe nur seit langem keinen außer mir gesehen. *Und wos bin i?* fragte er. Schon gut, sagte ich und lief ins Haus. Schnell packte ich die wichtigsten Dinge zusammen, legte alles in Inas große Reisetasche, Waschzeug, etwas Kleidung; fand schließlich zwei Jungmäuse tot auf. Die anderen vier waren nicht zu sehen, und der Kater und Bautz waren verschwunden; sie waren über die Terrassentür raus, die ich immer nur angelehnt hatte. Ich mußte sie also schweren Herzens zurücklassen. In die Reisetasche packte ich noch das Foto von Ina, das in der Küche neben der Kaktee auf der Fensterbank gestanden hatte, das eingerahmte Gedicht «Ein Märchen aus uralten Zeiten», das im Badezimmer gehangen hatte, sowie die beiden Bücher, die ich gerade durcharbeitete, eines von Hans Henny Jahnn, «Fluß ohne Ufer», und «Das wilde Kärnten» von Josef Winkler. Die Sicherungen im Stromkasten drehte ich heraus, die Terrassentür ließ ich angelehnt, damit Bautz und der Kater nach Hause kommen konnten. Ich würde nicht lange weg sein, würde bald zurückkehren und Weiteres dann regeln, dachte ich. Ich hatte die Haustür zugezogen, sah hinauf zur Kapelle, und da fiel mir Inas Satz ein, ein Satz, den sie unzählige Male an mich gerichtet hatte, der aus ihr herausgefallen war, sobald die am schlimmsten beleidigenden Vermutungen der Gegenwart im Raum standen: Wenn du gehst, schiele ich dir nach, bis du zurückkehrst, mehr nicht, ein Nachschielen ist es, welches dich begleiten wird. Als wir durchs Dorf fuhren, die Hauptstraße entlang, war mir, als hätte ich Susanne um den Maibaum herumlaufen sehen, und vor der Metzgerei erblickte ich die Gestalt vom Stöllinger. Aber offenbar waren es bloß Erscheinungen, denn Sepp, so mußte ich ihn ab sofort nennen, hatte niemanden gesehen. *Gibt's in dem Dorf überhaupt Leit, oder is die Pest ausbrocha,* fragte er. *Bei der Post woat i nach am Weg frong, do woar näamad, und im Koffe a net. Soangs, san Sie von hier?* Er reichte mir die Dose Schnupftabak; *der is guat,* sagte er – und hatte sich schon eine Nase gezogen. *San Sie jetzt nachhat von hier?* fragte er erneut. Ich verneinte, sagte, ich sei vor drei Jahren hier hergezogen, hätte zuvor in Berlin gelebt, käme aber eigentlich aus dem Frankenland. *A geh,* sagte er, *bei die Franken sans her. I hob ja nix gega die Franken, a guats Bier gibt's do.* Wie oft ich das früher gehört hatte, Land der Brauereien. Ja, das würde man sagen, sagte ich, ein gutes Bier gebe es dort, ich sei aber eine Weintrinkerin. *An guaten Wein hams ja a in der Gegend.* Und bald kam ein Umleitungsschild nach dem nächsten, wir fuhren um Dörfer herum; *sengas, des moan i, da soll sich noch oana auskenna, glei steng ma wieder vor am Berg. Wos hom die nur zu bauen, in dera Gegend?* Dem fünften Umleitungsschild folgten wir dann nicht mehr. Ich war mir sicher, daß die Anwohner der einzelnen Dörfer die Umleitungsschilder aufgestellt hatten, um den Verkehr umzuleiten, der seit dem Ausbau der Schnellstraße an ihren Häusern vorbeizog. Sie wollten ihre Ruhe vor dem Verkehrsstau und dem Lärm und den Abgasen.

Ich hatte recht, in Kürze dann waren wir auf der Schnellstraße, Richtung Tirol.

Da Sepp, der Mann, der Fahrer, mein Retter sozusagen, mich bat, bis ins Stubaital mit ihm zu reisen, denn es gebe dort ein Event, wie er es nannte, dies Einweihungsevent einer Orgel, die mit dieser Holzsorte, die er transportierte, gebaut worden sei; der mich also deshalb bat, um dort nicht allein, so ganz ohne Frau, aufzukreuzen, fuhr ich doch mit über die Grenze. Die Welt drehte sich weiter, hatte sich all die Zeit gedreht, außerhalb des Dorfes. Ich war versucht, als wir schon über die Grenze waren, auf zahlreiche Menschen getroffen waren, Sepp zu erzählen, wie es um mich gestanden hatte den Sommer über. Erzählen wollte ich, einen Bericht abgeben, um wieder anzukommen in der Menschheitsdaseinsgeschichte; einen Zeugen wollte ich haben, ich fragte: Glauben Sie an eine Welt, in der der eine schläft, der andere wacht? *Sicher,* sagte Sepp, *wo käma mir denn da hi, wenn neamad sich aufs Ohr legn könnt? Sie ham studiert? Sie ren wie a Studierte.* Nein, sagte ich, ich sei Versicherungskauffrau und Gastronomin, ich hätte eine Bar, alles ohne Studium. Ich hätte ein paar wirklich harte Monate hinter mir, fügte ich hinzu und hoffte, Sepp würde weiterfragen, aber ihn interessierte mehr mein Geschäftssinn. *Dann san Sie jetzat selbstständig,* sagte er, *laft net so guat, nicht? Bei uns a net. Die Aufträg genga zruck, scho lang. Des Hoaz wird teierer von Jahr zu Jahr, seit der Eiro do is und mir die Tannen aus Slowenien abkaffa, hier sans ja gschützt, und die Weißtanne is a beliebtes Hoaz, die derf ma net fällen, Naturschutz songs dazua.* Ja, sagte ich. Eine erstaunliche Überzeugung steckte in ihm, die ihn uneingeschränkt glauben ließ, was er sagte, und mehr als dies. Denn ich, meinerseits, also mehr, als ihm zuzustimmen, konnte ich nicht, ich tat mich schwer, mich auf ihn einzustellen, tat mich schwer, über Preissteigerung, Globalisierung und die neue Agenda zu sprechen, die scheinbar seit den Wahlen im September diskutiert wurde. *A jeda muas eiwei schaung, wo a bleibt …*

Woher manche nur diese Sätze nehmen, dachte ich. Immer gibt es welche, in jeder Situation gibt es welche, die sofort etwas wissen, überzeugt im voraus schon und hinterher immer noch, und so reden sie dann, so wie ich früher, wenn ich um Neukunden geworben und an die Provisionen gedacht hatte und nur die Unterschrift und die Beitragsüberweisungen monatlich gezählt hatten.

Unsere Weiterfahrt verzögerte sich. Sepp brauchte eine Pause, obwohl es weniger als zehn Autominuten waren, die wir noch fahren mußten. Das Einweihungsevent der neuen Orgel fand in einem Hotel statt, dem «Auenhof» in Schönberg. Wir hielten in Innsbruck; *kenna Sie die Kirch Franz de Paula Penz? Is a barrocke Pfarrkirch, da homs die Orgel neibaut, da gema dann hie. Aber so wie Sie ausschaun, müas ma Erna noch was Gscheits zum Ozieang kaffa.* Er hatte recht, mit dem verwaschenen grünen Norwegerpullover und den abgetragenen Jeans konnte ich unmöglich auf ein Event in einem Hotel gehen; meine Haare waren nicht zurechtgemacht, und überhaupt war ich plötzlich nicht mehr zurechtgemacht für einen Fremden wie Sepp, der mein Zeuge nicht sein würde, niemals. Einen Gefallen hatten wir uns getan, ich ihm und er mir; wir hatten uns beide aus Bergwald herausgeführt. Ich sagte ihm, daß ich schnell weiter müsse, ihn nicht begleiten könne. *Des könna Sie mir doch jetzat net oduan, mir verstenga uns doch,* sagte er; er würde sein weißes Hemd und seine Hose noch in einer Wäscherei bügeln gehen, die Werbeprospekte für ein paar Kunden zusammenstellen. Ob ich wenigstens so lange seine Fracht beaufsichtigen könne, fragte er. Ich willigte ein, obwohl ich versuchte, ihn zu überzeugen, daß sicherlich weit und breit kein Innsbrucker Interesse an einem Baumstamm hätte, er sich also keine Sorgen um sein Gut machen müsse. *Man woas nie, was die Leit so denga. Und wos die Leit bracha, des woas ma a niea.* Man weiß nie, was die Leute so denken, und was die Leute brauchen, weiß man auch nie; da hatte er wohl recht. Ich willigte also ein, ein Auge auf seine

Fracht zu halten, bis er wiederkäme. Ob er mir sein Handy dalassen könne, ich müsse einen sehr wichtigen Anruf tätigen, sagte ich. Weil er skeptisch dreinsah, sich unschlüssig war, ob er mir das teure Stück anvertrauen konnte, sagte ich, ich würde den Anruf auch bezahlen. *Scho guat,* sagte er, *Sie wern ja net glei nach Amerika nüber telefonieren.* Sicher nicht, sagte ich, vielleicht nach Afrika. *Guat,* sagte er, *zu die Neger, wenns moana,* lachte, reichte mir das Handy, griff zu einer Aktentasche; mit der und einer Aldi-Plastiktüte, in der sein Hemd und seine Hose steckten, ging er über die Straße, an der Touristeninformation vorbei, zur Wäscherei, die vom Parkplatz aus nicht zu sehen war.

Drei Telefonnummern hatte mein Gedächtnis gespeichert, zwei uralte Nummern, die mir geblieben sind aus der Zeit, da es noch keine Handys gab, man also noch nichts auf einen Chip hat speichern können. Die eine Nummer gehörte meinen Großeltern, die beide schon verstorben waren, die andere meinen Eltern, als sie noch in Coburg lebten. Die dritte war die Handynummer meiner Mutter. So rief ich also doch in Afrika an. Eigentlich dachte ich zuerst an Brigitte, meine Seit-dem-Sandkasten-Freundin. Sie war nie aus Coburg weggezogen, hatte aber über die Jahre mehrmals ihre Telefonnummer gewechselt, so daß ich die aktuellste nicht im Kopf hatte. Es war also meine Mutter, die ich nun anrief. Meine Güte, hörte ich ihre weiche Stimme, wo steckst du, warum hast du dich nicht gemeldet? Dein Vater und ich wollten nächste Woche einen Flug buchen, um nach dir zu sehen. Aber ich habe so viel zu tun. Im Tschad, stell dir vor, wurde ein deutscher Entwicklungshelfer hinterrücks erschossen, und bei euch? Wie ist die Stimmung? Wir haben alles verfolgt. Was bin ich froh, daß wir uns heraushalten, uns von der amerikanischen Politik distanzieren ... Wie wohl mir das tat, meine Mutter zu hören, ich hätte ihr stundenlang zuhören können. Das erste Mal, seit ich denken kann, war ich nicht versucht, sie zu unterbrechen; ich sagte, es tut gut, deine Stimme zu hören. Sie sagte, ja, ist alles gut bei dir, hast du alles erledigt wegen deiner Freundin, wie war ihr Name? Ina, sagte ich. Der Sommer war sehr schwierig, sagte ich, ich weiß nicht, wo ich hin soll, bin in Innsbruck. Hast du dich verschuldet? Wir haben dir gleich gesagt, laß den Unsinn, da in so ein hinterwäldlerisches Dorf zu ziehen, eine Bar, und dann das teure Haus. Ein Unsinn war das, meine Güte, sollen wir dir was überweisen ... Muttersorge! Ohje ... Nein, sagte ich, müßt ihr nicht, obwohl ich das Geld gut hätte gebrauchen können, für was auch immer. Noch einmal sagte ich: Nein! Bedankte mich dann für das Angebot. Ich weiß nur nicht, wohin ich soll, das ist alles. Hast du das denn jemals gewußt? fragte meine Mutter nun. Hör auf, sagte ich, was soll das! Mutter-Kind-Beziehungshaus, dachte ich. Kann ein Gespräch nicht mal andersartig verlaufen? Ich sagte, es sind unerklärliche Dinge passiert im Dorf; ich kann dir das nicht erklären. Ich habe Tiere erschossen und sie gegessen, ich konnte nicht telefonieren ... Kind, Kind, sagte meine Mutter, warum wird eure Generation nur so spät oder gar nicht erwachsen? Du bist dreiunddreißig! Ja, und mein Name ist Dagmar oder Olivia, sagte ich. Hör auf, Via, sagte sie, wir kommen Weihnachten. Dein Vater will auf den Stubaigletscher, er freut sich aufs Skifahren. Wir bleiben über Silvester. Du freust dich doch auch? Natürlich freute ich mich. Aber das Dorf ..., sagte ich, das Dorf. Nein, ich weiß nicht, wo ich Weihnachten bin. Doch was für ein Glück, sagte ich, daß wir von überall nach Hause finden. Wir müssen nur parallel dazu gehen, nicht? Olivia, wir werden vor Weihnachten kommen. Du machst mir keinen guten Eindruck, ich muß mit deinem Vater sprechen. Nein, nein, sagte ich, es ist gut, kommt Weihnachten, wir gehen Ski fahren. Sag Pa, ich freue mich. Ich muß jetzt Schluß machen ...

Sepp kam fein gekleidet über die Straße.

Als nächstes müsse er nach Hochfinstermünz, *da müastens a moa mit hifohrn, da fohrns einfach mit.* Ich verneinte. Ob ich ihn dann wenigstens noch in ein Schuhgeschäft begleiten könne, er brauche einen Gürtel, der Hosenknopf sei abgerissen, ein paar Kilo habe er in den letzten Wochen wieder zugenommen. Er glaube nun auch nicht, daß ein Innsbrukker seine Stämme stibitzen würde, man könne ja noch ein *Kaffeetscherl* trinken.

Es fing an zu schneien; dünn fiel der Schnee, mehr regennass als schneeweiß. Ich müsse nun wirklich weiter fort, sagte ich, die Kosten für das Telefonat würde ich selbstverständlich begleichen; zehn Euro nahm ich aus dem Briefkuvert, das in der Reisetasche lag, und ich sah in ein trauriges, nein, beleidigtes Augenpaar. *Sie san a richtigs unverschamts Weib,* mußte ich mich dann am Ende dieser Fahrt beschimpfen lassen. Er nahm den Zehneuroschein an sich und wünschte mir nicht mal eine gute Weiterfahrt.

Ich rief ihm noch hinterher: Es ist außerordentlich gefährlich, Menschen zu begegnen.

Jawohl, das war es, gefährlich. Fühlte dann eine Enge, am Bahnhof, war in jedes Geräusch gefallen, das vernehmbar war, Kofferrollen, Bahnsteigspfiffe, Lautsprecheransagen, der Gang eines Menschen in Skischuhen, knirschende Anoraks, das Zischen von Kaffeemaschinen, Ab- und Anfahrt der

Züge, schreiende Kinder, betrunkene Jugendliche auf Freizeitfahrt, Lebendiges ... Etwas wollte ich dann notieren; hatte, seit wir in Innsbruck eingefahren waren, nein, an der Grenze schon, einen Heißhunger auf alles mögliche Verzehrbare. War sofort am Bahnhof in eine Backstube gestürzt, hatte Tee und drei Croissants, nein, drei Kipferl bestellt, verschlang sie an einem Tisch am Fenster sitzend – der Zug nach Nürnberg fuhr erst in einer Stunde –, ja, würde also nach Coburg reisen, notierte dann jenes: knirschende Anoraks, Freizeitfahrt Jugendlicher ... Notierte es in das Buch «Fluß ohne Ufer». Einen Kugelschreiber hatte ich mir von einem Mann am Nachbartisch geliehen, und dieser nun lauthals: Ja, so ist das. Frauen führen Tagebuch. Wenn dann eine Wende kommt, verbrennen sie das Ganze. Ich führe kein Tagebuch, sagte ich, ich fasse nur zusammen und warte auf eine Antwort anderswo.

Wunderbar, das gefällt mir, sagte er.

Und so kam es, daß ich mit Stefan Klausen bis nach Nürnberg fuhr. Er mußte weiter nach Jena. Die erste halbe Stunde sprach nur er. Er hatte in Jena zu tun, lebte aber in der Nähe von Greifswald, an der Küste. Er beschäftigte sich mit Wüstungen. Jena habe einiges zu bieten, diesbezüglich, das Umland, sagte er: Wüstungen. Er war ganz in sich gefallen nun, entrückt war er plötzlich, eins mit sich, also nicht entwirklicht. Er war durchaus noch in der Welt; die Gegenwart war ihm nicht abhanden gekommen, stellte ich sicher, in dem ich ihn hier und da mit einem Satz, einer Frage, unterbrach. Meine Mutter, sagte ich, habe in Afrika auch mit Wüstungen zu tun, tagtäglich, verlassene Dörfer, Naturkatastrophen über Naturkatastrophen. Ja, es gebe viele Formen, sagte er, und schon war er wieder bei sich, hörte gar nicht auf, singsangte nun, eins und eins und noch eins, kramte hervor aus seinem Gedächtnis dies: Dorf-, Flur-, partielle Wüstungen, totale Wüstungen, temporäre Wüstungen, permanente Wüstungen. Da bin ich also in Jena, sagte er, Umland: Proschitz, Krolip, Schondorf, Ziskau bei Closewitz, Kötschen bei Zwätzen, Rödel und Schichmannsdorf, da im Mühltal, Krotendorf, Schetzelsdorf, Nollendorf, Wüstenwinzerla, Dürrengleina auf dem Kospoth, Niederleutra, Hirschdorf, Selzdorf bei Lobeda, Clöchwitz, Büsitz, Schlendorf am Hausberg, Benndorf, Wenigenkunitz bei Kunitz, Gaberwitz. Jejeje, das ist ein Witz, da ist doch noch eins, eins war doch da noch, Kunitz, nein, Kalthausen bei Kunitz etc. etc.

Sagte: Puh, da haben Sie ja viel zu tun.

Was er da letztlich tat, fragte ich dann. Fotografieren, sagte er, und notieren. Dann kamen wir auf die Alpen zu sprechen, auf das Inntal und diese Gegend. Dort hätten hauptsächlich Flurwüstungen stattgefunden, logischerweise, durch die Industrialisierung oder schon nach dem Dreißigjährigen Krieg. Und heute, sagte ich, weil es nahelag, daß er es verstehen könnte, daß auch ich mit einer Wüstung zu tun hatte, jetzt im Sommer, Schlag auf Schlag, sagte ich, sei da in Bergwald plötzlich alles verändert gewesen. Eine Menschenverwüstung sozusagen. Eine Verwüstung des Verlassens, ob beabsichtigt oder unbeabsichtigt, das sei die Frage, sagte ich. Sind Sie vom letzten Unwetter betroffen gewesen, das war doch im Inntal, nicht? Eine Naturverwüstung also, sagte Stefan Klausen. Ich sagte: Nein, die hatten wir auch, ja, aber schon vorher. Die Häuser sind leer, die ganze Gemeinde erstarrt; ich bin die einzige, die den Sommer über dort sein mußte. Stefan Klausen sah mich skeptisch an. Also, ein furchterregender Abgrund der Wüste in der Wüste, verstehen Sie, was ich meine? Ach, wissen Sie, sagte ich, ich habe mich viel mit Sätzen beschäftigt, dieser ist mir nicht hinterhergelaufen. Nun mußte ich lachen, auch Stefan Klausen lachte. Ich sehe, sagte er, Sie hatten eine schwere Zeit. Der furchterregende Abgrund, sagte er, jenes, was man noch kommen lassen muß, jenes, was dadurch bleibt, daß man es kommen läßt.

Was, es? fragte ich.

Eine Einsicht vielleicht, eine Idee, einen Vorgang, einen nicht geglaubten Vorwurf, eine Entscheidung, auch dies, sagte er. Und völlig bei sich war er wieder: Wissen Sie, ich denke an ganze Häusergruppen, die verschwinden, Jahrhundert um Jahrhundert. An den Moment denke ich, da sie verschwinden; es muß ja ein Moment sein. Schetzelsdorf zum Beispiel, da sind Häuser um Häuser verschwunden, westlich der Altstadt, keiner kann sie lokalisieren, aber im Geschoßbuch von 1406, da steht es, da werden diese Häuser erwähnt, mehrfach sogar. Doch nirgendwer hat nirgendwo dazu einen Anhaltspunkt...

In Augsburg dann wurde ich sehr unruhig, das Abteil füllte sich; ich spürte wieder diese Enge wie am Bahnhof in Innsbruck. Ich konnte mich nur noch schwer auf Stefan Klausen konzentrieren. Er hatte sich an einzelnen Wörtern festgebissen; der Anhaltspunkt, von dem man ausgehen könnte, man halte sich also an einem Punkt fest und kreise das ein, was möglicherweise einen Halt gibt usw. usw. Seine Stimme entglitt mir. Zu viele Eindrücke waren es wieder, die sich im Abteil auftaten, ein anderer Gesprächsverlauf nun, eine Paarbeziehung mir gegenüber, Mann und Frau, jung, Mitte Zwanzig vielleicht. Sagte sie: Es hat mich nicht interessiert, Herrgott. Ist sie nun oder nicht? Ist egal, du hast auf ihren Kopf gestarrt wie ein Idiot. Und er: Was erwartest du? Hätt' ich ihr auf den Hintern starren sollen? ... Dann ein Handylaut. Die Frau neben Stefan Klausen ging vors Abteil telefonieren, kam zurück und kämpfte mit den Tränen, während Stefan Klausen immer noch bei sich festhing, nun bei seiner Privatheit und wieder beim Tagebuchschreiben: Seine Frau ..., hörte ich, Ex..., und von anderswo wieder das Paar: Noch einmal, sag' ich dir, wenn du nicht, hör auf ..., und die Frau mit Pelzkäppchen: Hätten Sie vielleicht ein Schneuztücherl ... , erst an mich, dann an Stefan Klausen gerichtet: Sie vielleicht? ... Ich habe das Tagebuch meiner Ex gelesen, ich sag' euch, nie und nimmer würd' ich das noch einmal tun ... Sodom und Gomorrha, sag' ich ...

Anhaltspunkte und Wüstungen ...

Ob ich mich jemals wieder miteinander fühlen könnte, von Mensch zu Mensch, fragte ich mich. Ich mach' los, hatte ich gesagt, gute Weiterfahrt. Eine Viertelstunde vor Nürnberg war es, daß ich aus dem Abteil trat. Stand dann außerhalb; sie zeigten sich alle im Profil und unterschieden sich so kaum voneinander. Die Scheiben nun im Abteilinneren, bedunstet; ein Dunst also, der von innen aufstieg, von ihnen, den Passagieren, ausgehend. Ich öffnete noch einmal das Abteil, sagte, Sie haben sehr schlechte Luft hier. Ziehen Sie das Fenster runter, machen Sie es auf. Man dankte, und unwillkürlich, wörtlich, dachte ich: Menschenkosmen ... Ich nehme ein Taxi gleich, eins nach Coburg, koste es, was es wolle.

Das Geld im Briefkuvert hatte nicht mehr ausgereicht, um in Coburg dann das Taxi zu zahlen. Es fehlten sieben

Euro zwanzig. Am «Münzmeister» stand ich. Zwei Häuser weiter wohnte Brigitte. Der Taxifahrer wartete im Wagen, während ich versuchte, am Bankautomaten Geld zu ziehen. Keinen einzigen Euro bekam ich. Ich druckte die Bankauszüge aus. Das Konto war über den Dispo hinaus mit über fünftausend Euro überzogen. Den ganzen Sommer über war, als sei nichts geschehen, Dauerauftrag um Dauerauftrag abgebucht worden, die Pacht für die Bar, die an Rainer Kostajic nach München ging, Strom, Hausmiete, Versicherungen; ein paar Lastschriften hatte man rücküberwiesen. Es waren also schon einige Mahnbescheide an uns rausgeschickt worden, die ich niemals erhalten hatte. An uns! Immer noch dachte ich ein Uns.

Diese Lüge sammelte ich dann auf; wie unangenehm, sagte ich, verzeihen Sie, der Automat hat meine Bankkarte … also, eingezogen hat er sie, derweil ich mir doch sicher … die Geheimnummer … Könnten Sie noch einen Augenblick warten? Dort um die Ecke wohnt eine Freundin …

Der Fahrer war erstaunlich gelassen. Ein Sonnenschein von einem Menschen. Er trug einen Siebzigerjahre-Schnauzer, erinnerte an diese Tatortfigur, Horst Schimanski. Sie sehen aus, sagte ich, wie …? Horst Schimanski, führte er den Satz zu Ende, also Götz George. Bin ich aber nicht, sagte er und lachte. Ob ich die Bratwürste hier auch so gerne essen würde, fragte er, die seien ja was sehr Spezielles. Ich schüttelte den Kopf, hab' ich noch nie gemocht, nicht mal den Geruch mochte ich; war wohl der Grund, warum ich wegziehen mußte … Dann klingelte sein Handy. Ein Stammgast verlangte nach ihm.

Sie sollten sich ausschlafen. Sie sehen mitgenommen aus. Wissen Sie was, wir vergessen die paar Kröten, die Sie mir schulden. Gehen Sie zu Bett, morgen sieht die Welt wieder anders aus.

Ich bedankte mich. Er kurbelte die Fensterscheibe hoch und fuhr los.

Und dann Brigitte, Brigitte, Brigitte. Brigitte im Hosenanzug und wieder schwanger, so stand sie da. Hatte mir die Wohnungstür geöffnet, strahlend, mit tiefen Augenringen, denn die Nächte waren kurz bei all der Alltagshektik, die sie mit ihrem Bauch und den beiden bereits geborenen Kindern zu bewerkstelligen hatte. Wie sie es nannte, eine Alltagsbewerkstelligung: Das kann ich, darin bin ich gut. Brigitte also; ich umarmte sie zögerlich, auch den Gerhard dann, Brigittes Mann, der sagte: Schön, dich mal wiederzusehen. Ich war ganz benommen, starrte auf Brigittes Bauch, fragte: Kann ich mich etwas ausruhen hier?

Ja, natürlich, sagte Brigitte, deine Mutter hat heute schon angerufen. Sie sagte, wenn du kommst, sollen wir dich zum Arzt schicken. Sie macht sich Sorgen.

Weil ich darauf nicht reagierte, nur dastand und sagen wollte, es kommt mir vor, als sei ich total zerträumt erwacht, hingegen aber nichts sagte, fragte Brigitte: Stimmt das denn, muß man sich denn sorgen?

Nein, nein, nein, sagte ich, jetzt bin ich ja hier.

Bald dann zog Gerhard das Sofa aus, nachdem wir zur Begrüßung noch einen Tee zusammen getrunken und Brigitte von den Kindern erzählt hatte. Lukas war im September in die Schule gekommen, und Carola hatte kaum fünfjährig schon einen guten Umgang mit ihrer Diabetes gefunden. Weißt du, sagte Gerhard – Brigitte war im Bad verschwunden, um sich bettfertig zu machen –, du solltest wieder nach Coburg ziehen, Brigitte würde sich freuen und die Kinder auch. Ach was, sagte ich, die Kinder kennen mich gar nicht. Haben uns ja nicht viel gesehen die letzten Jahre. Aber Brigitte braucht dich, sie vermißt dich. Daran hatten wir neulich gedacht, warte. Er ging in die Küche, kam mit einer Zeitung zurück: Hier, sieh, eine Jobanzeige. Gesucht wurde eine Mitarbeiterin bei der Haftpflicht-Unterstützungs-Kasse kraftfahrender Beamter Deutschlands, bei der HUK Coburg. Da hast du doch deine Lehre absolviert, sagte Gerhard.

Ja, hab' ich, sagte ich, aber jetzt muß ich erst mal schlafen.

Ich lag schon auf dem Sofa, noch angezogen, ins Bücherregal blickend, Gerhard war zu Bett gegangen, da kam Brigitte noch einmal mit Handtuch und Zahnbürste und wünschte eine gute Nacht, lächelnd: Morgen sprechen wir, ja, du bleibst doch länger? Ich überlegte; mal sehen, sagte ich schließlich, und etwas zögerlicher: Danke! Schon gut, du hattest schwere Monate. So schnell geht das nicht, daß man da wieder auf der Höhe ist. Aber du hättest dich melden können. Das ist typisch, vergräbst dich, und niemand weiß um dich Bescheid, und jetzt brauchst du Geduld. Das war noch nie deine Stärke. Weißt du, mit Kindern lernt man das, Geduld, Geduld, Geduld mit sich und den anderen.

Geduld! Doch vor allem Frischluft brauchte ich in dieser Nacht; hatte das Fenster sperrangelweit, so sagt man, aufgerissen. Obwohl ich hundemüde war, auch das sagt man, müde wie ein Hund, ein gedemütigter, geschlagener, ein treues Hauseigentum für manch eine einsame, auch tierliebe Seele. Müde also fand ich erst in den frühen Morgenstunden Schlaf. Ich machte mir Sorgen um den Kater und um Bautz. Und um meine zukünftigen Wege. An wen konnte ich mich wenden? Mit wem könnte ich nach Bergwald fahren, nach dem Rechten sehen? Wer würde mir glauben, daß sich dort eine Wüstung breitgemacht hatte, Menschenähnliches in der Bar plaziert war? Ich dachte an einen Journalisten; dieser hätte sicherlich ein gesteigertes Interesse, vielleicht eine Schlagzeile, der er hinterherrennen könnte. Dachte an Stefan Klausen, überlegte, ob ich nach Jena fahren sollte, ihn suchen sollte, ärgerte mich dann ... hätte ihn doch im Zug bitten können, mit mir nach Bergwald zu kommen. Einen Zeugen brauchte ich, Brigitte vielleicht, von der ich wußte, daß sie mich für verrückt halten würde, Gerhard ebenso. Dann rutschten meine Gedanken hin zu den Zahlen auf dem Bankkonto und wieder weg davon. Etwas mußte ich schnellstmöglich erwirtschaften; sah mich schon untertauchen in einem anderen Land, sah auf die Bahnkarte, die ich in Innsbruck gekauft hatte, überprüfte noch einmal das Datum, es war der zweiundzwanzigste Oktober. In weniger als acht Tagen würden die Hausmiete und die Pacht für den November fällig sein. Drängte weg dies, kam in Inas Reich, vielleicht war es aber auch meines – und das vieler anderer, stünden sie vor einer scheinbar aussichtslosen Lage. Dachte eine Notiz: Die größte Sache wäre es, sich auf eine vorgeschobene Klippe zu stellen und sich von ihr aus in den Raum fallen zu lassen. Man würde fallen, ohne jemals aufzuhören damit, man würde den Rest seines Lebens hindurch fallen, Stunden, Tage. Am Ende zeitlos durch Raum ohne Zeit fallen, in einen Sturz ohne Aufschlag fallen. Das Bewußtsein würde erlöschen und wiederaufflammen, erlöschen und aufflammen, und schließlich würde man fallend sterben und tot weiterfallen und fallend sich auflösen, Partikel anorganischer Materie, zerstiebend in der Unendlichkeit. Sätze! Abrufbar in mir. Zustandsbeschreibungen! Eine Tagebuchaufzeichnung, die im Haus in einem der Stapel auf dem Parkett steckte. Wo war ich die letzten Monate nur angekommen? fragte ich mich am Fenster stehend. Was habe ich gesucht? Wem oder was bin ich nähergekommen? Ich war wieder unter Menschen, atmenden, vertrauten. Was also brauchte ich? Ich schlug ein Buch auf, dachte, vielleicht würde die Anstrengung des Lesens zuerst meine Augen ermüden, dann meinen Geist.

Stand geschrieben eine Kapitelüberschrift:

«Verwirrung»

Und dann:

«Gustav vergrub sich in seine Kammer. Der Ort hatte Vorteile. Er lag außerhalb des allgemeinen Verkehrs. Manchmal hörte man über sich die Schritte der Matrosen. Sie bezeugten einem, daß die Einsamkeit freiwillig war, falls man es, überwältigt von Bitterkeit, einmal vergessen sollte.»

Ich fand mich schon wieder in jeder Zeile da. War es ein Trost? Ein Wegweiser. War mir doch so sehr sicher, daß Ina mir den Weg weisen würde. Nur so hatte ich die letzten Monate überdauern können, mit dieser Hoffnung, irgendwo außerhalb von etwas zu landen, nach all den Worthäusern, die ich studierte, wiederauferstehen ließ, neu kreierte. Dachte an die vielen Ratgeber; für alles und jedes gibt es einen Menschen, der sich auskennt, einen Fachmann für dieses und jenes, oder eine Philosophie, ein Gedankengerüst, wie das der Esoteriker, oder das fernöstliche Kartengebilde: Zieh des Morgens eine Karte, und du weißt, wie dein Tag verläuft. Lebensstützen! Die ich immer als Gerüste aus Lebenslügen verstanden habe, die Suche nach einem Gott, der mehr weiß, dem die Grausamkeit von Lebensumständen zwar in den Eingeweiden sitzt, der Leid aber als Sinnstiftung erkennt und erlebt und sie einem einflößt, wie die Mutter ihre Muttermilch abgibt, Therapeuten: Schurken, Mediatoren, Supervisionäre, genannt Supervisoren, Pfarrer, Ärzte, Helfer der Helfer, Krankenschwestern, Lebensbegleiter etc. etc.

Zeit heilt **alle** Wunden
Morgen ist auch noch ein Tag
Wer zu spät kommt, den bestraft das Leben
Reden ist Silber, Schweigen ist Gold
Nichts bleibt, wie es war
(Blödsinn)
War ich dann doch eingeschlafen ...
Nacht verging

Gegen Mittag am nächsten Tag war ich aufgestanden. Auf dem Küchentisch lag eine Nachricht von Brigitte. Sie war in der Stadt, beim Gynäkologen, und danach in einer Lehrersprechstunde, wegen Lukas, der einen Mitschüler verprügelt hatte; sie komme gegen fünfzehn Uhr. Neben der Nachricht lag die Jobseite der Tageszeitung mit den Worten: Vielleicht findest du etwas, was dir zusagt. Auch das Paßwort für den Internetzugang hatte sie notiert. Wundere dich nicht, stand da als P.S., der Computer ist saumäßig langsam, und die Festplatte ist zugemüllt, die müßte man einmal aufräumen, Dateien löschen! Gerhard wird sich darum kümmern.

Hatte dann gestaunt, als ich mein Postfach anklickte. Mindestens tausend ungelesene Nachrichten...

Das letzte Mal war ich am dreizehnten März eingeloggt gewesen. Das war dieser Tag: Arianes Abreise. Am Abend: Ihr Anruf. Die Störungen in der Leitung. Dachte: Das Telefonkabel wurde um das Haus gelegt. Zuvor, am Morgen also, hatte ich noch eine E-Mail an das Beerdigungsinstitut geschrieben; es war die letzte Nachricht, die ich versandt hatte. Ariane hatte mich dazu gedrängt; was du heute kannst besorgen, das verschiebe nicht auf morgen ... Auch an jenem Tag war die letzte Nachricht, die ich erhalten und geöffnet hatte, ein kurzer Gruß meiner Eltern; deine Eltern grüßen, stand da. Diese Mail hatte ich nicht mehr beantwortet, wohingegen ich die von Werner, zwei Tage zuvor, beantwortet hatte. Werner fragte, ob ich ihn nie wieder sprechen wolle; ich hatte mit einem Ausrufezeichen geantwortet. Soweit ich die über tausend Mails nun überblicken konnte, waren mehr als die Hälfte davon Spams oder unwichtig. Bis in den August hinein hatten Ariane, Brigitte und meine Eltern regelmäßig geschrieben. Im September war es weit weniger und Anfang Oktober wieder mehr. Ich öffnete die letzte zugesandte; sie kam von Ariane:

Es flüstert der Asphalt, es lärmt der Teppich, wenn du dich nicht bald mal meldest. Jede Woche probiere ich mindestens einmal, dich zu erreichen. Steck das Telefon wieder in die Buchse, oder ich versohle dir den Hintern! Bitte! Ein halbes Jahr ist genug, du mußt wieder aus dir raus. Mein Ehegatte ist schon wieder im alten Gehäuse, und ich mit ihm, schlimmer als Anfang August. Ich komme, egal, ob du dich meldest. Oder hast du dir etwas angetan? Wenn ja, könntest du die Frage nicht mehr beantworten, aber wär' es so, ich wüßte es, würde es spüren, obwohl wir uns so kurz erst kennen. Als meine Mutter starb, habe ich es auch gespürt, ja, ich weiß, du bist nicht meine Mutter, aber irgendwie ... Dies Gefühl zur Mutter hin, das nie vergeht, sucht man es nicht in jeder Frau? So wie man dies Hin-zum-Vater-Gefühl in jedem Mann sucht? Ja, du würdest sagen: Das Leben ist ein riesiger Inzestherd. Fühl dich umarmt und melde dich endlich! Deine Ariane.

Dann klickte ich die erste, die zweite und die folgenden Nachrichten von Ariane an. Genauso machte ich es mit Brigittes Nachrichten und mit denen meiner Eltern.

Arianes Sommer war ein Sommer der Geräusche. Ein Pfeifen im Ohr, das nicht vergehen wollte. Sie freute sich über jedes Geräusch, das außerhalb von ihr war, und mochte es noch so leise sein, das Knurren eines fremden Magens beispielsweise, oder eine Wespe, die an einem Fensterglas surrte, auch Fliegen, deren nervöses Brummen, sogar ein tropfender Wasserhahn erleichterte sie. Den Juli über richtete sie beinah jeden Tag eine Geräuschfrage an mich. Hast du eine Vorstellung, Worte dafür, wie sich das Rieseln des Wassers, das Rauschen eines Windes und eines Regens beschreiben läßt? Das Knistern des fallenden Schnees; schwierig sei es, das zu erleben bei der Hitze. Aber eine Grille, das Zirpen also, oder der Flügelschlag eines Schmetterlings, Säuseln, Wispern, Rascheln, Rauschen. Eine Frage: Du hörst das Umblättern einer Papierseite. Nicht wahr? Was hört man da? Am dreiundzwanzigsten Juli die Frage: Was macht Werner? Er geht dir doch zur Hand? Sag, er soll die Telefonleitung prüfen! Verdammt! Pack dich aus deiner Höhle!

Anfang August hatte Ariane eine ganze Woche lang jeden Tag ein und denselben Satz geschrieben:

Ein falsches Schweigen, eine falsche Stille, es sind alles Geräusche der Heimlichkeit, die auf mich niederfallen.

Die darauffolgende Woche teilte Ariane mit, daß sie ihren Mann seit zwei Wochen betrog. Sie schrieb: Kein Ehemann mehr. Kein Haus. Keine Garage. Der Betrug führe sie ebensowenig zu etwas hin. So befürchte sie es jedenfalls. Etwas mache ihr angst, dieser Betrug sei außerordentlich gefährlich. Und deshalb, aus diesem Grund, jene Entscheidung: Zum November hin habe sie ihre Arbeit gekündigt, sie würde zu mir ziehen, die frische Landluft habe ihr gutgetan. Sie würde mich schon wieder ins Leben zurückführen, aus meiner Höhle hinausjagen. Das ganze Dorf würde sie aufrütteln, jawohl, entschieden sei sie, definitiv, neu anzufangen. Gleich morgen wolle sie in den Zug steigen, dann könnten wir Auge in Auge alles planen. Ich solle sie in Garmisch abholen, sie würde mir morgen früh mitteilen, wann sie ankäme.

Am Morgen darauf stand geschrieben:

Die verlogenen Geräuschkulissen haben sich zurückgezogen, liebe Via. Wir sind auf einem guten Weg ...

Dachte: Die Wirklichkeiten sind wirklich unbeschreiblich ausführlich. Überall. Und in einem jeden. Stellte mir vor, wie Ariane an diesem einen Morgen aufgewacht war, der Lärm in ihr, die Zerstreutheit wegen des Mannes, des Hauses und der Garage – und wegen des Jünglings, der gerade mal sein zwanzigstes Jahr erreicht hatte und plötzlich, mit einem Mal, verstummt war. Die Geräuschkulisse wurde ausgeknipst, nur durch eine Geste, einen weiteren Ehemannversuch; er und sie und eine Reise nach Schweden.

Eine Wochenendtour, so hatte es Ariane ausgedrückt, diesen erneuten und wiederholten Plan, sich einander zu widmen. Dachte wieder an die am schlimmsten beleidigenden Vermutungen in der Gegenwart und an das Zuknallen einer Tür. Dachte, ein jeglicher Lärm hat ein System ...

Schweden war dann, für eine als relativ lang empfundene Zeit, der Aufstieg in den siebenten Himmel. Die Stille der Landschaft. Das Grün der Felder. Die Weite. Eine Pension mit Frühstück und einer Gastgeberschaft, die sich familiär zeigte. Auch an diesem Wochenende: die Hoffnung auf eine Empfängnis. Der Jüngling war abgelegt worden, in den Schrank gesperrt, vorerst, zwei ganze Tage; erst am Sonntag meldete er sich zu Wort, war dann mittendrin, zunächst unter dem Bett, dann neben dem Bett, dann darüber und schließlich in der Bettritze.

Dann schlug etwas wieder Krach ...

Ariane und Mann (kein einziges Mal nannte sie seinen Namen) saßen mit den Gastgebern, Anton und Alice Lundberg, und deren Nachbarschaft, dem Björnsson und der Björnsdochtir Gunda, am Abendbrottisch. Und in ihr, in Ariane, nun dies: Ein Spielautomatengeräusch, schwedische Folklore von weit her, und im Nebenraum das Aufhämmern eines Bierfasses, ein Zischen. Von anderswo der Ruf eines Kuckucks, Tellergestöber aus der Küche, und dann: ein Schnauben. Ein Entsetzen in Arianes Mann. Ariane hatte den alten Björnsson angeblinkt, einen Mann von zweiundsechzig Jahren. Ein Augenaufschlag, ein zu lang hingehaltenes Lächeln, auch dies: ein nicht zu deutendes Kopfnicken. Und für einen länger anhaltenden Moment schließlich ein nie wiedergutzumachender Lärm: Du bist eine Schlampe, ein Miststück. Machst vor nix halt.

Und am nächsten Morgen dann waren sie gemeinsam nach Stockholm gefahren, aber ein jeder für sich und doch beide in der gleichen lauernden Stimmung wie vor der Reise.

Die Mail, die Ariane am ersten September geschrieben hatte, war für drei Wochen die letzte, vorerst.

Der Jüngling war wieder auf der Arianebühne erschienen. Der Ehemann ging seinen Geschäften nach, fuhr montags von Cuxhaven nach Hamburg, und am Mittwoch kam er zurück; dabei wirkte er nach wie vor beispiellos gegenwärtig, nicht etwa auf Ariane bezogen, mehr auf die Aktienkurse gerichtet, vor der Zeitung sitzend oder dem Fernseher, nervös oder in geradezu göttlicher Laune, irgendwie besessen, rau und rundum vertrieben aus sich und einem Gegenüber. Saß also stundenlang vor wirtschaftlichen Auf- und Abschwüngen, mit blinkenden Dollarzeichen im Blick, die Lippen unbewegt, allerdings unter starren schwarzen Augen, so als komme dieser Blick aus dem Hirn einer Mumie. Der Jüngling hingegen stöberte sich wieder hinein in Arianes Rundumblick, erkannte, erforschte, hörte, lauschte, roch, taktilte mit sanften, zarten Fingerkuppen Arianes Geräuschkulissen, nahm fort, fügte hinzu ein Neues: nie dagewesenes, sehr leises Gerührt- und Berührtsein. Wie Ariane schrieb in dieser Mail: Eine Stimme, die tief aus dem Bauch käme, nein, aus keinem Bauch, keinem irgendwie Innersten, aus der Luft eher, ein ferner Klang. ICH SCHLAGE DIESEN JUNGEN MANN, liebe Via, ich kette ihn an, an einem Baum, an einem Bett, manchmal laß ich ihn Stunden allein, einmal sogar einen ganzen Tag, gehe zur Arbeit, richte das Buffet, köpfe Eier, zurechtgemacht für die Urlaubsgäste, trage ein an der Rezeption, Name, Kontonummer, teile aus,

Zimmerschlüssel, stelle mir vor, alle Begegnungen wären unbekleidet, nackt also, richte Brüste, messe Schwänze, möchte sie beschneiden, sauber polieren, so daß sie glänzen, ein jeder für mich, nur für mich, ausschließlich gehören sie alle mir. Die Brüste der Frauen abschraubend, lege ich sie in mein Herz, dort sind sie gut aufgehoben, das stelle ich mir vor, einen jeden lieben, langen Tag, während der Jüngling auf mich wartet. Wenn ich ihn dann losbinde, liegt er in meinen Armen, mit geschlossenen Augen wie ein Neugeborenes. Ein leises Weinen dringt aus ihm. Ich kann nicht von ihm lassen, zähle seine Wimpern, erkenne seinen Körper als den meinen. Er hat kein Brusthaar, sein Schamhaar ist weich, und aus seiner Achsel strömt kein Geruch hervor. Seine Erregung beschämt mich, aber ich zeige es ihm nicht, statt dessen beschimpfe ich ihn, was ihn sogleich glücksrasend macht.

In der nächsten E-Mail Ende September nun war der Jüngling emporgestiegen zu einem Herrn, der Ariane demütigte und verstieß. Sie war verzweifelt und lehnte ihren Kopf wieder an die Schulter ihres Ehemannes, dessen Aktiengeschäfte gut liefen, was hieß, daß es auch mit Ariane gut lief. Er verwöhnte sie wieder, plante eine erneute Reise, diesmal nach Neuguinea. Am fünften Oktober war der Flug gebucht. Am dritten Oktober fing Ariane an, die Koffer zu pakken. Bei einem Nachmittagsspaziergang am Hafen, bei starkem Wind und Nieselregen, tauchte der Jüngling wieder auf, er bekniete und beweinte Ariane; er könne ohne sie nicht weiterleben, er wolle ihr immer dienen. Zwei Stunden später fand sich Ariane in der Kajüte der Motorjacht ihres Mannes am Hafen wieder. Liebe Via, ich habe ihn grün und blau geschlagen, er hat keinen Laut von sich gegeben, nur sein Gesicht zeigte rote Flecken, als ich mich am Ende erschöpft und befreit neben ihn fallen ließ. Aber etwas war kaputtgegangen an diesem Nachmittag. Ich fühlte mich leer, ausgebrannt, ich roch mich selbst in jedem Winkel der Kajüte. Auch als ich ihn wortlos zurückließ, mitsamt seinen Tränen wieder am Hafen stand, verließ mich dieser Geruch nicht, ein beißender Bärlauchgeruch, etwas in der Art. Ich weiß nicht, wie ich ihn beschreiben soll, diesen Geruch; er kroch, aus mir heraus, in jeden Winkel der Stadt, auch zu Hause war er, auch im Telefonhörer, in meinen Fingern. Ich hatte deine Nummer gewählt, aber wie immer tat sich nichts in der Leitung. Was soll ich machen? Ich fahre nach Neuguinea ...

Das also war die vorletzte Nachricht von Ariane.

Als ich die Nachrichten meiner Eltern öffnete, konnte ich mich kaum darauf konzentrieren. Ich versuchte, Ariane wieder hervorzukramen, diese wenigen Tage, in denen sie mit mir auf dem Dachboden unseres Hauses gewesen war und mir zur Seite zu stehen versucht hatte, suchte das Bild: Ariane in Inas Morgenmantel gehüllt. Dachte, wie ich sie am liebsten gebeten hätte, zu gehen, weil ich für nichts und niemanden eine Aufmerksamkeit übrig hatte, außer für mich und meine Furcht, der zu stellen ich mich gezwungen gefühlt hatte, und wie ich mich trotz ihrer Anwesenheit allein gefühlt hatte. Dachte: Wie soll es auch anders sein? Ich kannte diese Ariane ja gar nicht. Sie tauchte auf in einem Moment und war dann auch schon wieder verschwunden, fast im selben Moment. Und dann hoffte ich irgendwann, sie würde zurückkommen. Dachte: Zwei Ertrinkende versuchen, einander der Rettungsanker zu sein. Was gibt es Stärkeres an Verbindung als dies; da muß man nicht viel voneinander wissen, da bewegt sich etwas, das riecht sich gegenseitig und ertrinkt unterwegs, noch bevor es eine von beiden für möglich hält. Dachte: Geschlagen werden will ich, auch das, einen Schmerz spüren, der so gar kein Lärm ist, der festsitzt, unverrückbar wie ein Fels. Stellte mir dann vor, während ich die E-Mail meiner Eltern öffnete, eine Ostermail: Frohe Ostern unserem Schatz, wie ich aus der Badewanne steige in unserem, meinem Haus, mich einöle, ein Fenster zerspringen höre, erschrecke, weil eine in schwarzes Leder gekleidete Gestalt vor mir steht und mich höflich bittet, Stille zu wahren, an mir heruntersieht, meine Nacktheit inspiziert wie ein Arzt während einer Untersuchung, einer Musterung vielleicht; ein Sportarzt, der beäugt und begutachtet, ob da alles am rechten Fleck sitzt und funktionstauglich ist. Eine weitere E-Mail meiner Eltern öffnend, stellte ich mir vor, wie ich mich im Badezimmer auf den nassen Boden knie, ein Kirchenkniefall, und aufblicke zu der Gestalt, die groß und mächtig auf mich niedersieht, während ich lese: Wir haben aus einem Dorf im Tschad fünfunddreißig stark unterernährte Kinder in ein südafrikanisches Krankenhaus überführt. Alle haben eine Infektionskrankheit zu überwinden oder mehrere. Wir geben unser Bestes. Dein Vater ist großartig, er unterstützt mich, wo er kann. Die Flüchtlingslager im Tschad sind katastrophal. Ich würde dich gern einladen, aber im Moment geht es drunter und drüber, und ich glaube, es wäre kein schöner Urlaub für dich. – Ich mir vorstellte: Die Gestalt würde mir die Papierschnipsel, die Wortfetzen auf Bierdeckeln und Servietten, in den Mund stopfen, mir dann jeweils bei jedem einzelnen Satzgefüge auf der Pappe, dem Papier, eine Kopfnuß geben, um mich herumtanzen, wild, brausend, trommelnd, singend, sich überschlagend und sich bettend in Wind und Wasser. Ich las: Heute, liebe Via, haben wir eine traurige Mitteilung. Unser Patenkind ist an einer Lungenentzündung verstorben. Wir fahren für einige Tage nach Darfur; ich dann einen, zwei, drei, unzählbare Schläge auf meinen Rükken dankbar empfing. Stellte mir es vor, das und den Strom, das Taumeln der Schmerzlosigkeit irgendwann. Klickte weiter auf diese Nachricht: Wir gönnen uns nun eine freie Zeit mit viel Liebe und Ruhe. Komm, wir wollen an die Elfenbeinküste.

Die letzten vier Nachrichten meiner Eltern waren voller Sorge und Angst. Bitte, bitte, stand da, melde dich. Oder schick uns deine neue Telefonnummer. Die, die du uns gegeben hast, ist seit längerem tot. Anfangs dachten wir, es läge an den schlechten Verbindungen. Aber du antwortest auch auf keine Mail. Ist etwas passiert? Geht es dir gut?

In der allerletzten Mail vom neunzehnten Oktober kündigten sie, die Eltern, einen Besuch an.

Auch hatten sie wegen ihrer Bedenken um mein Wohl des öfteren mit Brigitte telefoniert. Brigitte hatte sich bis in den August hinein keine Sorgen um mich gemacht.

Am zweiundzwanzigsten April hatte Brigitte ihre erste E-Mail geschrieben. Sie teilte mir mit, daß sie wieder schwanger war. Ich sollte Patentante ihres dritten Kindes werden. Sie wußte schon sehr früh, daß es ein Junge werden würde. Marc würde das Neugeborene heißen. Ob ich damit einverstanden sei, fragte sie in der Mail. Gerhard habe den Namen vorgeschlagen, er sei gerade mit Marc Aurel und seinen Selbstbetrachtungen beschäftigt, «so führe aus und handle, vereine Gedanken und Handlung». Es sei derzeit unerträglich mit ihm, ich würde ihn ja kennen. Er steigere sich in diesen Kosmos hinein, als habe er ihn selbst geschaffen. Lukas würde Gerhard nicht mehr verstehen und sei verstört. Gerhard spreche mit dem Kind, als sei es ein erwachsenes Gegenüber. Du fehlst mir, schrieb Brigitte an diesem Tag, ich hoffe, dir geht es gut.

Im Mai war Brigitte entsetzt. Sie verfolgte die Tagesmeldungen, die Entwicklungen in Afghanistan und dem Irak. Den ganzen Vormittag über saß sie hinter der Zeitung, hörte Radio oder sah fern. Eine andere Zeit war angebrochen, das spürte sie ganz deutlich. Sie hatte große Probleme, sich zu positionieren, vermochte bald nicht mehr zu unterscheiden, welchen Informationen sie trauen konnte, fragte unentwegt, ob es mir auch so gehen würde. Ob ich diesen und jenen Bericht gesehen hätte; analysierte, verwarf, stellte neu zusammen, theoretisierte, vereinfachte, entschied am Ende: Jawohl, eine Diktatur muß gestürzt werden. Egal aus welcher Motivation heraus. Nie geht es um höhere Ziele, es sind immer niedere Beweggründe, Machtverluste, natürlich, schrieb sie, aber sieh dir diese patriarchalen Vernichtungsmaschinerien auf allen Seiten an! Ich solle nun eine Äußerung von mir geben, befahl sie. Es würde mir nicht zustehen, mich von der Welt abzuwenden, die unaufhaltsam ihre Kreise drehe. Es gebe ein Leid, weit weg von uns; die Verantwortlichen müßten vorgeführt werden. Sie würde sich gerne einer friedvollen Terrorgruppe anschließen, wenn eine solche existierte. Damit meine sie nicht diese grünen Körnerfresser, die wir aus den Achtzigern heraus ertragen müssen, damit meine sie die Anfänge einer Studentenrevolte; raus auf die Straße, Worte finden! Für diese allumfassende Überforderung Mut zeigen, Position beziehen, aus den Kirchen und Moscheen austreten. Aber man lasse sich ja gegenseitig im Stich, verharre bequem im Sessel, solange die eigenen Belange nicht berührt würden. Das Todeskommando muß bezwungen werden, liebe Via.

Weil mir die Informationen fehlten, ich keine Ahnung hatte, wohin oder wofür ich mich positionieren sollte, stöberte ich mich nach dieser Mail durchs Netz, sammelte, las, baute um und in mir selbst Informationsgebäude auf, blieb hängen an dieser Befürchtung: Vernichtung. Waffen. Vernichtungswaffen gleich Waffenvernichtung. An Worten wie ACHSE und BÖSE und PIPELINES und GOTT und BRÜDER und SCHWESTERN und Hallelluja: KRIEGgegenTERROR!

Tote, schreckenerregende Buchstaben vor ausgehöhlten Augen, dachte ich dann, während ich die nächste Nachricht von Brigitte anklickte.

Sie hatte erst Anfang August wieder geschrieben: Sehr geehrte Freundin und Egomanin, du hast dich früher schon so benommen. Wenn man dich gebraucht hat, warst du nicht auffindbar. Du solltest aus deiner Gespensterkloake in der Tiefe zu einem wieder frischeren Augenaufschlag an die Oberfläche tauchen. Man kann auch ungestört trauern in Anwesenheit anderer, zum Beispiel meiner Anwesenheit. Erinnerst du dich an diese Geschichte?! Du kamst von einer winterlichen Hühnersuppenfamilienangelegenheit, einem also auch langen Familienspaziergang nach dem Essen hoch zur Burg, du nanntest sie immer die Feste Festburg Coburgs, zu mir. Du hast diese Besuche bei uns gemocht. Meine Mutter, für die du die zweite Tochter des Hauses warst, stellte dir jedesmal einen heißen Kakao hin. Ich haßte dieses Getränk, weil du es mochtest, so glaube ich heute. Aber wohl an allererster Stelle haßte ich es, weil ich meiner Mutter keinen Gefallen tun wollte, indem ich ihr – wie du immer und das immer in der gleichen Art und Weise – ein heiteres OH WIE LIEB, OH WIE LECKER, DARAUF HABE ICH MICH SCHON DEN GANZEN TAG GEFREUT schenkte. Du sahst dabei, also, wenn du das sagtest, mit dieser hochgezogenen rechten Augenbraue und dem zusammengebundenen Haar, jedesmal wie ein kleines Schulmädchen aus, obwohl wir beide schon fünfzehn Jahre alt waren. Bei deinem letzten Besuch auf der Feste oben hatte sich in deiner Phantasie deine Großmutter den Knöchel verstaucht, erinnerst du dich? Du warst sehr aufgeregt und sorgtest dich. Du hattest mir diesen Knöchelstauch beschrieben, als hätte deine Großmutter einen Fuß verloren; du sagtest, er sei angeschwollen in nur einer Sekunde, so daß weder der Übergang zur Wade zu sehen gewesen sei noch auch nur eine einzige Zehe. Einen Klumpfuß hätte sie nun, sagtest du und weintest bitterlich. Meine Mutter füllte dich mit Kakao ab, du trankst an dem Tag fünf Becher, ich habe sie gezählt und weiß es heute noch, es waren fünf Becher, Via. Da du mit dem Weinen nicht aufhören konntest, rief meine Mutter bei euch zu Hause an und fragte nach deiner Großmutter. Deine Großmutter war eine Woche zuvor mit einem Schlaganfall ins Krankenhaus gekommen, und es stand sehr schlecht um sie. Weder meine Mutter noch ich hatten verstanden, weshalb du uns diese Klumpfußgeschichte aufgetischt hattest. Jedenfalls schämtest du dich, bist davongelaufen und über ein halbes Jahr nicht mehr erschienen. In der Schule bist du mir schließlich aus dem Weg gegangen. Du fühltest dich von mir verfolgt, weißt du noch? Wir hatten sogar ein Gespräch mit unserem Klassenlehrer, der wiederum unsere Eltern wegen des Vorfalls zu sich gebeten hatte. Danach wurdest du krank, jedenfalls warst du zwei Wochen nicht in der Schule. Deine Mutter hatte deine Großmutter zu sich genommen und sie gepflegt und versorgt. Erst ein Jahr später schicktest du mir zwei Fotos. Ein Foto von dem rechten Fuß deiner Oma und eines von dem linken. Der rechte Fuß war tatsächlich angeschwollen, was aber kein Beweis dafür war, daß deine Großmutter an diesem Hühnersuppensonntag, an dem ihr einen Spaziergang zur Feste gemacht hattet, dabeigewesen war. Wir haben nie wieder darüber gesprochen. Ich weiß nur, daß ich dich ein ganzes Jahr lang vermißt habe; ich hatte einen schlimmen Liebesschmerz wegen Roland, diesem drahtigen Libero der Schulfußballmannschaft. Auch waren wir in diesem Jahr aus unserer Wohnung gezogen, und mein Vater hatte eine neue Stellung in Berlin angenommen und war nur noch am Wochenende zu Hause. All das konnte ich dir in diesem einen Jahr nicht erzählen. Versteh mich nicht falsch, doch ich habe deinen Rückzug damals nicht verstanden, und den jetzigen verstehe ich ebensowenig, obwohl der weit verständlicher ist. Gerhard sagt, ich solle dich unangemeldet besuchen. Liebe Via, das werde ich aber nicht tun, ich bin dir schon einmal hinterhergerannt, da, über den Schulhof, ein zweites Mal werde ich es nicht tun. Ich werde mir die Beine in den Bauch warten, bis du dich meldest. Der noch Ungeborene, unser Marc also, wird, wenn er es denn so möchte und etwas zu früh das Licht der Welt erblickt, ein Schütze sein, wie Ina einer war. Übrigens zünde ich beinah jeden Abend eine Kerze für dich und Ina an. Ich hoffe, du bist wohlauf...

Ich erinnerte mich. Ich hatte diese Geschichte erzählt während unserer Haus-Einweihungsfeier, Ina und den uns damals noch fremden Dorfbewohnern, dem Hans-Dieter, dem Hans-Peter, dem Werner, der Susanne und der Gudrun. Wir hatten schon einige Flaschen Wein, ein paar Biere und Schnäpse getrunken. Es war die Stunde der kleinen Beichten. Susanne erzählte von ihrem ersten und einzigen Diebstahl, bei dem sie erwischt worden war. Sie hatte zwei Äpfel am Obststand in Rosenheim geklaut. Werner schmückte seine Zündellust aus. Er sprach von einem Feuerattentat auf das Vereinshaus. Tagelang hatte er sich ein Feuer vorgestellt, davon geträumt, bis er im Keller des Hauses vier Tageszeitungen ansteckte, damals noch mit dem Brandbeschleuniger Benzin. Einen riesigen Holzscheit hatte er darübergelegt, und dann war er nach oben in den Gemeinschaftsraum gelaufen und hatte alle Anwesenden höflich nach draußen gebeten. Hans-Dieter gab seine Geschichte mit Gudrun preis, über die beide nie ganz hinweggekommen waren, aktivbeschattungsehefrauengeschichte. Gudrun hatte damals in einer Gärtnerei in Garmisch gearbeitet, und Hans-Dieter war besessen von dem Gedanken, sie würde ihn mit einem Arbeitskollegen betrügen. Er engagierte einen Beobachter, der Rudi Mechter hieß und ein alter Schulfreund von Gudrun war, was Hans-Dieter nicht wußte. Hans-Peter und ebenso Ina hatten nichts beigetragen. Hans-Peter war alkoholdumpf und zu dieser Stunde zu nichts mehr fähig gewesen. Und Ina war, nachdem ich die Geschichte vom Klumpfuß meiner Großmutter erzählt hatte, zu Bett gegangen. In meiner Erzählung hatte ich Brigitte ausgelassen. Sie war nur Staffage, eine Freundin aus alten Zeiten.

Es ist entsetzlich, hatte Ina, unter der Bettdecke liegend, auf diesen Kleine-Beichte-Abend hin gesagt, entsetzlich, wie du die Menschen schonen willst, sie belustigen willst, sie umspielst und ihnen gefallen möchtest. Soweit ich weiß, ist deine Großmutter, nur ein paar Wochen nachdem deine Mutter sie zu sich genommen hatte, verstorben, und Brigitte hast du lange Zeit nicht gesehen, und überhaupt begreife ich nicht, wohin du die wichtigsten Dinge deines Lebens sperrst.

Strahlesonnemöchtegern ...

Ist doch ein Klumpfuß weniger schlimm als eine Arterienverkalkung, von der man sich in diesem Alter nur schwer erholt?

Ist doch eine Magenverstimmung besser auszuhalten als die Sehnsucht nach dem eigenen Tod?

Ist doch eine gesellschaftliche Katastrophe leichter ertragbar als das eigene Versagen?

Ist doch ein Schlag auf eine Wange deutlicher als eine subtile wortgewandte Zerstörungswut?

Ist ein gemeinsames Leid niemals ein geteiltes?

Brigitte wollte ich schreiben, obwohl ich wußte, in einer halben Stunde etwa würde sie hiersein, wollte niedertippen: Das mit dem Klumpfuß tut mir leid. Nein, tippen: Liebe Freundin, alles ist gut. Jetzt bin ich ja da, jetzt geht's los. Wir bäumen uns auf gegen dies und für das, melden uns zu uns zurück miteinander, wenn's dir recht ... Wollte schreiben und dachte: Lüge! Statt dessen schrieb ich dann Ariane; erinnerte mich nämlich an folgendes: Jeder ist, wie er ist. Und alle Schuhbänder, die nicht aufgehen, Hosen, die zu klein werden, und Haar, das wächst ... Kompost im Morgengedanken. Wie man herumirrt im Universum. Lasse zu viele Angelegenheiten im Stich, die wichtig sind. Möchte gerne ein paar mehr Begebenheiten mit mir selbst von jemand anderem vorgetragen bekommen, halte das aber schwer aus. Ich habe deinen Jüngling in mir, liebe Ariane. Ist er denn gewachsen? Aber das Wichtigste: Das Dorf ist seit dem Sommeranfang, den Sommer über bis in den Herbst hinein, in Starre verfallen, und jetzt ist bald Winter. Ich bin vorerst unter- oder ab- oder vielleicht sogar wiederaufgetaucht bei einer Freundin. Den Kater und anderes mußte ich zurücklassen. Manchmal stelle ich mir vor, ich kehre heim, und all das Geschehene erscheint mir wie ein Doppelgängergag; ich blicke hinter mich und erkenne mich selbst in zweiter Gestalt, so, wie es wohl einem Soldaten ergehen mag, der heimkehrt aus einem Kriegsgebiet, der aus einer ungeheuerlichen Mission aufschreckt, während deren ihm ein Bart gewachsen ist. Aber ich soll mich nicht so ernst nehmen, sagt eine andere Stimme in mir, das Leben epischer sehen. Ich möchte gern in die Weite blicken. Und vor lauter Schauen sehe ich bald nichts mehr. Alles ist sehr tief in mich hineingefahren, und ich weiß mittlerweile nicht mehr, ob es nur diese Furcht ist vor ..., dieses Unabänderliche, Unabwendbare, das man Tod nennt, welcher nicht mein eigener war und ist. Oder doch? Wie du siehst, habe ich mich noch nicht wieder eingefunden in einem geheilten Tonfall; ein jeder Tag öffnet eine andere Tür in mir, manchmal sind es dieselben, die ich schon glaubte, geschlossen zu haben. Aber trotzdem, mancher Tag ist zuversichtlich; der heutige ist noch nicht geschrieben. Wenn ich wieder passend geordnet bin, ich meine, ein Tag dem anderen gleicht, ich einer Arbeit den Vorzug gebe und nicht mehr diesen ständigen Gedankenstößen von morgens bis abends, dann sehen wir uns. Bis dahin ...

Ein Seufzen, ein bekanntes, ohne Hintersinn, vernahm ich dann; abgeschickt hatte ich die Mail, und hinter mir stand Brigitte. Ich hatte sie nicht kommen hören; auf leisen Sohlen war sie in die Wohnung getreten.

Meine Güte, du spielst deinen eigenen Einbrecher, sagte ich erschrocken.

Und dann sprudelte es schon heraus aus Brigitte, gleich einem plötzlich einsetzenden Springbrunnenregen kam sie ihren eigenen Worten kaum hinterher. Ihren Bauch vor sich herschiebend, ging sie auf und ab, als stünde sie auf einer Bühne, und ich, sitzend im Zuschauerraum, wurde gebeten, erst mal den Mund zu halten. Ich erinnerte mich an unsere Kinder-und-Jugend-ins-Erwachsenenalter-gekommenen-Jahre; saß ebenso, manchmal auf Brigittes kleinem gelben Sofa, manchmal auf dem Schreibtischstuhl, während Brigitte ausführte und strahlte, ab und an verzweifelt stotterte, dem Vater trotzend, der ein Verbot ausgesprochen, einem Ausgang nicht zugestimmt hatte. Oder Brigitte in Panik wegen einer schlechten Zensur. Auch die vielen Tränen wegen einer unglücklichen Liebesangelegenheit erinnerte ich, aber ebenso Freude, ein Hohoho, ich bin das Größte, was Erdenwesen sein können, Erstplazierte bei den Schulmeisterschaften im Sprint; Brigittes stolzer Vater, der immer und überall etwas mitzumischen hatte, anwesender war in Brigittes Leben als mein Vater in meinem. In dieser Zuhörabwarthaltung saß ich also da, loggte mich aus, verfolgte Worte wie: Also ich, nimm mir das nicht krumm, bin wirklich sehr sauer. Heute hat deine Mutter wieder angerufen. Jeden Tag hat sie angerufen. Ich bekam schon ein mulmiges Gefühl, wenn ich ihre Nummer auf dem Display sah, die letzten Monate. Ob dir nicht doch etwas zugestoßen sei, fragte sie stets. Was denkst du dir? So geht das nicht. Ich bin auch eine Mutter. Ich weiß, wie das ist, wenn man sich sorgt.

Gestern, als du vor der Tür standest, wollte ich nichts sagen, aber jetzt platzt mir beinah der Kragen, so sauer bin ich. Mensch, Via!

Ich überlegte, ob ich aufstehen, sie in den Arm nehmen sollte, tat es aber nicht. Statt dessen sagte ich: Das sind Vorwurfsberge, die du da ausspuckst.

Wie bitte?

Vorwurfsberge, sagte ich noch einmal.

Wie du redest, sagte Brigitte, deine Mutter hat gesagt, es ist ihr unheimlich, wie du sprichst, ich soll das beobachten. Du hast doch früher nicht so geredet. Vorwurfsberge! Ich mache dir also bergeweise Vorwürfe?! Jawohl, das mache ich. Ich bin nicht mehr die liebe, nette Brigitte, die alles versteht. Ich habe Kinder und muß meine Belange durchsetzen, sonst tanzen sie mir auf dem Kopf rum. Ich habe mich verändert! Gerhard findet das gut.

Sah mich dann Brigittes Veränderung hinterherschleichen, auch der meinen, setzte vorsichtig Punkt und Komma, fragte nach und rutschte aus dem Gesprächsverlauf. Bist du denn zufrieden, glücklich? Freust du dich auf das Kind? Unterstützt dich Gerhard, so, wie du es dir wünschst? Es schien, als sei jede Frage eine Frage zuviel. Über so etwas denke sie nicht nach; das sei selbstverständlich und bedürfe keiner weiteren Ausführung. Jetzt ginge es darum, mich wieder vorwärtszubringen. Eine Idee habe sie schon, ich müsse nach Coburg ziehen, im Haus würde nächsten Monat eine Wohnung frei, Arbeit müsse ich mir suchen. Ich hätte ihr, Brigitte, weit besser gefallen, als ich noch bei der Versicherung in Berlin war. Danach sei ich ihr abhanden gekommen; das hätte so gar nichts mit meiner Trauer zu tun, das sei ganz normal, man müsse mit einem bis zwei Jahren rechnen, bis man da wieder auf den Beinen sei. Nein, nein, dieses Abhandengekommensein, das sei schon ein anderer Vorfall gewesen ...

Vorfall?

Was fiel denn vor? fragte ich.

Die Dauer zwischen Frage und Antwort hielt lange an. Ein Küchengang, ein Abwenden von mir, ein Aus-dem-Küchenfenster-Sehen, so stellte ich es mir vor, am Computer verharrend, Stille, also ...

Rief dann: Du bist wirklich eine Mutter! In den Anfängen großherzig, solange du dir deiner Macht über jemanden sicher bist, deiner Liebesmacht, deiner Zuneigungsmacht, die du einem aufpreßt, drängst dich regelrecht hinein damit, bis der andere ohne diese nicht mehr kann. Verlierst du ihn, deinen Mutterüberwurf an Großherzigkeit, weil es dein Objekt nach einem anderen, freieren Blickwinkel verlangt, überkommt dich ein Rache-, nein, ein Zerstörungsgelüst.

Das war ein Vorwurf, ein unüberlegtes Geschrei, das ich ausgestoßen hatte. Selbst wenn ich die Adresse verfehlte, schrie ich mich frei von jeglichem Mutterüberwurf, von dem nicht nur ich seit Jahren gesprochen hatte, auch Ina hatte davon gesprochen: Das Abdienen dieser Überwürfe jeglicher Art ... Väter, Mütter, Kinder, Kindeskinder, Ehemänner, Ehefrauen ...

Du spinnst total, hörte ich.

Und dann:

Hast du denn meine Mails nicht gelesen?

Ging dann durch den Flur in die Küche. Brigitte stand in der Tat am Fenster und sah hinaus.

Siehst du da etwas Bedeutendes? fragte ich.

Hör auf! sagte sie.

Holte so aus meiner Reisetasche ein Buch, ohne weiter zu überlegen, ob mein Verlangen, nun, da ich eine Seite aufschlug, ein erneutes unverständliches Chaos zwischen ihr und mir hervorrufen würde, sagte: Nicht aufhören! Zuhören! Ich schlug eine beliebige Seite auf und fing an, laut vorzulesen:

«... Er wollte etwas sich Bewegendes anhalten. Er wußte nicht genau, wo er anpacken würde. Griggs Weisheit und Erfahrenheit würde ihm zu Hilfe kommen. Mit dem nackten Gerippe in den Bergen mußte etwas geschehen ...

... Man könne das Geschick eines Menschen nicht einmauern. Am Ende handle es sich nicht nur um das Wohlsein oder die Unpäßlichkeit des Herrn. Er selbst, Grigg, habe mit geschärften Augen den Ablauf dieses vielleicht trägen, aber ungewöhnlichen Menschenlebens beobachtet. Seit der Geburt eines Kindes. Durch die Knabenjahre. In den Zeiten des Jünglings. Er habe mit Eifer, mit Liebe, mit Aufopferung und Entsagen, wie ein Gott fast, mit unbarmherziger Verehrung einer blinden Kraft, die Kurven, die Anläufe und Stokkungen, die Ziele und Irrungen nachgezeichnet. Er habe einen Menschen, einen ihm höchst fremden, für alle genommen ...»

Es ist genug, hörte ich, ich weiß nicht, was du damit bezweckst, was du mir sagen willst. Was soll das!

Du mußt zuhören, sagte ich, das ist alles.

Via, ich rufe jetzt deine Mutter an, du benimmst dich wie eine Verrückte, du bist dreiunddreißig.

Das mit Omas Klumpfuß tut mir leid, willst du das hören, fragte ich.

Das ist ja lächerlich, sagte Brigitte.

Ich will endlich, fügte sie hinzu, daß du Verantwortung für deine Mitmenschen übernimmst. Du hast einmal bei der Versicherung gearbeitet und viel verdient.

Und viele, viele Leute übers Ohr gehauen, sagte ich; außerdem verstehe ich nicht, was das eine mit dem anderen zu tun hat.

Ach, Via! Komm, du hättest dich doch auch hier vergraben können, oder bei deiner Mutter, aber immer so ganz allein mit dir, das ist nicht gut.

Hätte ich nicht, ich kam gar nicht fort aus dem Dorf, Brigitte, etwas Unglaubliches ist vorgefallen.

Und plötzlich, mit einem Mal, sprudelte es aus mir heraus. Ich berichtete, führte aus, untermauerte, wiederholte, Ereignis um Ereignis, meinen Versuch zu flüchten. Jawohl, sagte ich, ich versuchte es, glaub mir, sagte: Wüstung. Hast du eine Ahnung davon, fragte ich; begreifst du den Moment, in dem urplötzlich ein Vorfall passiert und alles wegwischt? Das ist ein Vorfall, die plötzliche Auslöschung, sagte ich; das fiel bei mir vor, den Sommer über. Ich pausierte ein wenig, sezierte Brigitte, wartete auf eine Reaktion, die nicht eintrat. Ich habe Tiere getötet und gegessen, ein Theaterstück verfaßt, brüllte ich beinah, einen Amoklauf verübt, ich war Herrin über ein ganzes Dorf. Brigitte blieb stumm, ihre Augen drängten aus ihren Höhlen. Das Kinn saß ganz locker in ihrem Gesicht, ihre Lippen waren leicht geöffnet; ein fliegendes Insekt hätte sich ohne weiteres in ihrem Mund einnisten können. Obwohl ich also dies an ihr und auch ihr rhythmisches Kopfschütteln wahrnahm, hielten mich ihre Ungläubigkeitsgesten nicht ab, weiterzusprechen. Sei du mein Zeuge, sagte ich; ich flehte sie an, mich gleich, jetzt, sofort, nach Bergwald zu begleiten. Ich sagte, der Berg war ausgehöhlt, verstehst du, während die Wälder über allem strahlten, die Wiesen glänzten, und die Tiere, verschanzt im Gebüsch, sahen Würmer die Hölzer zernagen. Brigittes Gesicht wurde ganz flach und undeutlich. Ich bettelte und jammerte. Mein Hirn schien auszulaufen. Träume haben mich überfallen, wehrlos. Ich erkenne an, sagte ich, ich habe meinen Körper in Ordnung gehalten; du siehst, ich bin wohlauf, alles noch da, funktioniert, Muskelkraft, sieh. Ich hielt Brigitte meinen Oberarm hin, spannte den Muskel an. Faß hin, forderte ich sie auf, jeden Morgen trainiert. Brigitte bog ihren Kopf weg. Und ich lag nun in ihrem Rücken, mit trockenen Lippen. Und sie, sie hielt an ihren Grundsätzen fest, sie schien wie ohne Gedanken, wie beschränkt; Schranken, die nicht überschritten werden durften, nur das Angenehme im Blick, Überschaubares. Ich sah ihr lange hinterher, wie sie durchs Fenster auf nichts als auf Ratlosigkeit blickte.

Was, in Gottes Namen, ist da draußen Bedeutendes, daß du da hinblicken mußt? provozierte ich sie.

Gar nichts, sagte sie, sich zu mir wendend, nun, gar nichts. Hast du Durst?

Ich nickte, wartete, ob noch etwas kommen würde aus ihrem Inneren, und ja, sie hatte ein Glas mit Wasser gefüllt und es mir gereicht. Trauerarbeit kann sehr unterschiedlich aussehen, sagte sie, ist ein individuelles Ereignis, es bedroht, und bei dir zeigt es sich nun so. Du bist verzweifelt, wütend und hilflos. Ja, so wird es sein. Du meinst nicht ernst, was du sagst. Du bist außer dir.

Hab' dann sehr laut gelacht, beinah gehässig.

Nein, ich bin mehr als das, ich komme gerade erst von

außen zu mir; ich möchte einen Menschen beschmusen, sagte ich, vielleicht dich?

Ich gehe einkaufen, sagte sie. Kommst du mit? Dann hole ich die Kinder. Lukas ist bei seinem Therapeuten, er hat eine zu niedrige Frustrationstoleranz.

Hab dann wieder sehr laut gelacht, beinah verzweifelt.

Ja, sagte Brigitte, lach, das befreit, das ist gut, du hast Talent! Du hast einen ganz natürlichen Zugang zu deiner Atmung, dein Lachen sitzt in deiner unteren Rückenpartie, fast im Steißbein, das ist selten.

Behelfsmittel! Ich wußte nicht, daß Brigitte in den letzten Jahren Steine beschwor, nach Energien suchte, Federn sammelte und mit Gerhard in einen Lachkurs ging, um ihren Kindern eine bessere, entspanntere Mutter zu sein. Die Sorgen um Lukas hatten Gerhard und Brigitte dazu gebracht, etwas für sich zu tun. Ich dachte wieder an mein Möchtegernsonnenscheinsein von früher, als ich mit Brigitte vor der Bäckereitheke stand. War nun nicht mehr möglich, dies Möchtegernsonnenscheingemüt, nach diesem Sommer, und das war gut. Sagte: Wir sind unentwegt an der Oberfläche miteinander geschwommen, keinen Schmerz haben wir miteinander zugelassen, weil wir uns in die Hosen gemacht hätten. Fragte mich dann, während ich sprach, ob ich Brigitte meinte, Ina, oder doch nur mich, mich ganz allein. Ja, in die Hosen gemacht, vor lauter Scham, sagte ich, deshalb sind wir uns abhanden gekommen; wir hätten es einmal miteinander treiben sollen, ich meine wirklich, bis zum Äußersten. Ich wäre in dich hineingefahren mitsamt dem Klumpfuß meiner Oma. War ich doch entsetzt über ihr plötzliches Dahinsiechen, sagte ich, nach jenem Schlaganfall, der nicht nur mich mit fünfzehn, auch meine Mutter aus der Fassung gebracht hatte ... Ich bin nicht vor dir davon, ich bin vor mir davon, weil ein jegliches Außen mich mir vorgeführt hätte. Aber jetzt bin ich ja da. Via, hör auf, sagte Brigitte, das geht hier niemanden etwas an. Wir sind hier in einem Supermarkt! Die Bäckereifachkraft, eine mit allen Wassern gewaschene, des Nachts möglicherweise wild tanzende, versteckte Jungalkoholikerin, lächelte, wenn auch verhalten, so doch erfreut über eine solche Kundschaft wie mich – gerade in diesem Moment. Treiben hätten wir es miteinander sollen, sagte ich noch einmal, dann hättest du keinen Lachkurs mehr gebraucht, für den du pro Wochenende vierhundert Euro bezahlst.

DU MACHST MIR ANGST

Die kann ich dir nicht nehmen, sagte ich, ich stecke in einer Wandlung, die macht auch mir angst.

Und das ist anzuerkennen, jede Sekunde vollzieht sich eine Wandlung, habe ich dann, während Brigitte die Brote und Kuchenstücke bezahlte, unhörbar in mich hineingemurmelt.

Einen Tag später war auch dieser Vorfall wie weggewischt. Brigitte hatte sich wieder in Fassung gebracht. Sie hatte ihre Angst am Abend, so auch schon am Nachmittag, weggelacht. Vom Zwerchfell aus in den Bauch hinab, in die Gebärmutter, bis in die Fußsohlen hinein und wieder hinauf, hatte sie sich zu ihrem bald Neugeborenen – also noch an der Nabelschnur im Mutterleib hängenden – gelacht und geatmet. Auch den Lukas weggelacht, der nach seiner Therapiesitzung Brigitte an den Haaren gezogen, in den Arm gebissen und sie als tote Scheißmutter beschimpft hatte. All das hatte Brigitte aus sich herausgelassen in einer am Abend verherrlichten Gemeinschaft mit Gerhard, Ludwig und Egon. Eine junge Neuaufgenommene, genannt Niki, in Naumburg geborene Ruderin und Biologiestudentin, war mit Ludwig zur Sitzung erschienen. Gerhard hatte das halbe zweiundzwanzig Quadratmeter große Wohnzimmer leer geräumt, Tisch und Sofa in Lukas' Zimmer gestellt und Gesundheitsbälle aus dem Keller geholt, worauf sie dann kreisartig saßen, die lachenden, über ein paar Stunden sich konzentrierenden Lebenskomödianten. Die Gedanken müssen mit dem Fleisch einen Pakt schließen, du verstehst? hatte Gerhard mir noch ins Ohr gepustet, als ich mich aus dem Staub gemacht hatte. Als Staubkorn hatte ich mich in Anwesenheit von Brigitte gefühlt: kein Blick, kein Wort. Nur dieses: Weglachen, Stunden um Stunden. Zur Einstimmung auf den Abend womöglich, dachte ich, feststellend, daß sie jegliche Natürlichkeit verloren hatte. Ein Breitmaulfroschgelächter, völlig unbeseelt, dachte ich, ohjemineee.

Ich bin entsetzt, hatte ich gesagt, irgendwann zwischen sechzehn und siebzehn Uhr.

Brigitte hatte in eine Wanduhr im Wartezimmer von Lukas' Therapeuten gelacht.

Und eine weitere Feststellung hatte ich gegen siebzehn Uhr dreißig von mir gegeben:

Ich glaube, es steht nicht gut um dich.

Brigitte hatte im Auto sitzend in eine rote Ampel gelacht und zu Hause dann vom Balkon aus in die Wäscheleine, auch in die Kaffeemaschine, und allein mit sich auf der Toilette in den Duschvorhang.

So war ich am Abend also dann zur Feste gelaufen. Mein Unbehagen wegen dieser eingesalbten und verstellten, aufgezwungenen, zwanghaften, unerträglichen Lebendigkeit meiner Seit-dem-Sandkasten-Freundin, ihre Verleumdungsobsession, ihr Kontrollwahn, ihre erstickte Kinderseele – so empfand ich es an diesem Tag –, ließ mich, nachdem ich die Feste aufgesucht hatte, viele Stunden in der Stadt herumirren. Zum Bahnhof wollte ich gehen, schon am Nachmittag nach meinem Supermarkt-in-Angst-und-Schrecken-versetzenden-Anfall, wie Brigitte ihn sicherlich empfunden hatte, ein Unverschämtheitsanfall durch und durch, hatte sie sicherlich bis in den Abend hinein gedacht. Wollte mir eine Fahrkarte kaufen am Bahnhof an einem Automaten; also wieder zurück nach Bergwald fahren. Doch ich hatte keinen müden Euro in der Tasche, und vom Konto war, wie gesagt, nichts zu holen. Und so ging ich, statt zum Bahnhof, zum Friedhof am Glockenberg. Ich suchte das Grab meiner Oma, ging alle Gräber ab, fand es aber nicht. Am Ende in der letzten Reihe fiel mir ein: Sie liegt anderswo. Nach Breslau, in ihre Heimat, wurde ihre Asche überführt in einer Urne, die sie schon zu Lebzeiten auf dem Küchenbuffet stehen und einmal in der Woche abgestaubt hatte. Schämte mich für meine Erinnerungslücken. Im Hofgarten, der wie eh zwischen Schloßplatz und Festungsburg liegt, stellte ich fest, daß man nicht mal sich selbst über den Weg trauen kann. Der Mensch verändert sich mit den Stunden und dem Ort, an dem er weilt. Und dann schoß mir auch noch dies ins Hirn, während ich an meiner Oma entlang dachte: Aus Vollgefressenheit wird Hunger, aus Lust wird Überdruß, der Friede wird im Krieg gedacht, Entschlüsse entblättern oder verhärten sich. Ungewißheiten sammeln sich zu Plänen ...

Dachte wieder rundherum ...

Gegen Mitternacht etwa war ich wieder bei Brigitte; ich war bis auf die Knochen, so sagt man, durchgefroren. Und als ich die Wohnungstür aufsperren wollte, hörte ich ein fünffaches, lautes Husten, oder war es ein Verschlucken, ein Prusten vielleicht? Die Sitzung war noch nicht beendet. Die Gemeinschaft war in Fahrt, kurz vor dem Höhepunkt, so deutete ich dies Jippsen, dies Röcheln, den rhythmischen fünffachen Aufschrei, der klang wie ein multinationaler Orgasmus. Ich setzte mich auf die Treppenstufen. Auf keinen Fall wollte ich stören. Wenig später öffnete Lukas die Tür: Scheißdreck. Fickdreck. Fotzenscheiße.

Kannst du nicht schlafen? fragte ich.

Er streckte mir die Zunge raus, und da stand plötzlich Gerhard, entspannt und gutgelaunt.

Dachte ich's mir doch, daß ich da was gehört hab'. Was macht ihr beide hier draußen, fragte er und lachte und lachte und lachte.

Wir unterhalten uns, sagte ich.

In welcher Sprache?

Verstehst du sowieso nicht, sagte Lukas.

Er soll doch schon schlafen. Abmarsch ins Bett, befahl Gerhard lachend und packte Lukas am Nacken.

Definitiv, unwiderruflich, hatte ich in dieser Sekunde beschlossen, komme, was wolle, morgen abzureisen. Ich würde meine Eltern ein letztes Mal um eine finanzielle Unterstützung bitten; war mir das Alleinsein doch wohliger als diese Abarten menschlicher Auswüchse. War Bergwald dann doch etwas mehr von mir, mit oder ohne Menschengetümmel, legte ich mir zurecht, um irgendwohin zu wollen, jetzt, da ich nicht dort ... Und sicherlich: War den Sommer über empfindlicher, durchlässiger geworden. Leicht panisch dachte ich: Gesellschafts- und freundschaftsuntauglich geworden, womöglich auch das.

Wo Wahrheit glaubt, was Wahrheit ist...

Schlief dann auch noch sehr schlecht in dieser Nacht.

Keiner wählt frei seine Jahre, dachte ich gegen fünf Uhr morgens, schlich durch die Wohnung und weckte Brigitte, hatte befürchtet, sie würde lachend erwachen, aber sie war so erschöpft entspannt und dankbar, fast zärtlich. Es liegt mir etwas auf dem Herzen, sagte ich, ich muß hier fort, ich brauche Geld, könntest du mir das Geld für die Fahrkarte nach Bergwald borgen, ich zahle zurück, bald, sobald meine Eltern ... befürchtete, auch nun würde sie lachen. Aber nein, sie wirkte wie ausgetauscht, sagte ganz ruhig, ich habe mit Gerhard gesprochen, er forscht und forscht und forscht; zuletzt war es Marc Aurel, wie ich dir ja sagte, mit dem er sich beschäftigt hat. Gerhard ist der Ansicht, du brauchst noch Zeit, du steckst gerade in der Schuldigfühlphase, na, du weißt schon, wegen Ina eben. Das würde vergehen, sagte Gerhard, ich soll Geduld haben. Und die habe ich; das habe ich dir ja schon gesagt, du weißt, mit drei Kindern, einem im Bauch und zweien am Rockzipfel, hat man das, und Lukas ist ja wirklich kein leichtes.

Ich nickte. Schuldigfühlphase ... Herrgott ... wollte ich nicht hören. Jedenfalls nicht aus Brigittes Mund; sie hatte das Wort so eigenartig nasal betont.

Ich würde vorschlagen, sagte sie, wir vergessen den gestrigen Tag.

Ich hatte nichts mehr hinzuzufügen.

Eine Schlacht, so kam es mir vor, hatten wir, wenn auch nicht hinter uns gebracht, so doch zumindest begonnen.

Du bist sehr stur, sagte Brigitte noch, bedenke, ich kenne

dich – nach deiner Mutter und deinem Vater – noch am längsten. Vielleicht kenne ich dich sogar besser als du dich selbst.

Hierzu hingegen hätte ich einiges hinzuzufügen gehabt.

Nach einer dann doch innigen Abschiedsumarmung sagte Brigitte: Über die wichtigen Dinge haben wir jetzt gar nicht gesprochen. Wir wollen nächstes Jahr eine größere Wohnung beziehen.

Das nächste Mal, sagte ich, sprechen wir, wenn ich nicht mehr auf der Flucht bin.

Als ich auf dem Weg zum Bahnhof war, schien mir, als begriffe ich Inas unentwegtes Abschiednehmen. Löst es doch all die trennenden Momente eines Augenblickes auf, alle Unstimmigkeiten; man wird sanfter im Blick aufeinander, weil in jedem Abschied die Befürchtung steckt, man begegne sich vielleicht kein nächstes Mal.

Im Zug sitzend, zurück nach Bergwald also, sagte ich in mich hinein: Wir sind Kinder gewesen, etwas zu groß geratene Kinder, mit schrägstehenden Augen, und der größte Kummer, der größte Schmerz, die vollkommenste Qual ist der Mensch dem Menschen. Und dann dachte ich wieder an eine Vermutung, die in mir steckte, an das Selbsthandanlegen, an die Selbstauslöschung Inas. Einem Selbstmörder ist die Fähigkeit abhanden gekommen, sich in einem anderen zu sehen. Und die einzige, vielleicht größte Macht, die er noch hat, ist die Macht über sein Leben und seinen Tod. Ich dachte erneut an die Menschheitsüberwürfe, die wir, Ina und ich, so bezeichnet hatten. Wir waren einander kein

Sprachrohr gewesen, kein erweitertes Selbst, es hat keinen Platz gegeben für einen Überwurf, weil alles Benennbare, sobald es ein Gesicht bekam, hier und da zu einem Ritual wurde; so, wie mein morgendlicher Teeaufguß und Inas Kaffee in der Kanne zunichte geredet werden mußten. Dem Wort folgte niemals die Tat. Ein Haus bauen. Einen Garten anlegen. Eine Uhr in einem Küchenraum über der Tür. Warum hängst du diese Uhr an diesen Platz? Warum hängst du sie nicht verkehrt herum? Warum sieht alles so aus, als hätte ich es schon andernorts so gesehen? Ist alles ein Abbild von etwas, das ganze Haus, sagte Ina etwa vier Wochen nach unserem Einzug. Ich sagte, weißt du, was das Gegenteil von einer wechselseitigen Beziehung ist? Die einseitige, fügte ich, ohne eine Antwort abzuwarten, hinzu. Ich sagte, gut, ich verschwinde über das Wochenende, das Haus gehört dir; stell es auf den Kopf und räume es um, so daß sich niemand darin erkennen mag, außer du dich selbst. Ich sehe es mir dann an. Weißt du eigentlich, verabschiedete Ina mich, daß wir alle mit einem Strick um den Hals auf die Welt kommen? Er wird bei jedem Atemzug enger und enger. Ich danke dir, für deine Bemühungen an mir. Sie lachte. Ich war mit Werner über das Wochenende dann ins Stubaital gefahren. Und als ich zurückkehrte am Sonntag, saß Ina auf ihrem Stuhl, den Kater im Schoß, und sah drein, als habe sie zwei Tage nichts anderes getan, als den Kater zu streicheln. Ich sah mich um, sah über den Tisch zur Sofaecke, ging in die Küche; die Uhr hing exakt so, wie ich sie angebracht hatte. Es war nichts verändert. Auch die Kartons, die im Eingangsbereich vom Umzug noch herumstanden, waren am selben Ort geblieben, gestapelt neben der Garderobe, die ich auf dem Flohmarkt in Garmisch für zwölf Euro ergattert hatte.

Was denn nun? fragte ich.

Ina grinste.

Ich sah mich nicht in der Lage, etwas zu verändern, ich war so müde, so unendlich müde. Jetzt bist du da, dein Körper steht vor mir, jetzt bin ich etwas wacher. Und ich habe seit langem mal wieder von Gustav geträumt, sagte Ina. Du weißt, sagte sie, der, der über die Mauer wollte, der mit dem Marmeladenglas. Das war 1984, als er über die Mauer wollte, sagte Ina, so als erinnerte sie sich gerade eben daran. Ganz genau weiß ich die Jahreszahl, ja, im September war es; ich war elf Jahre alt. Heute morgen ist es mir eingefallen, sagte sie. Und ich erinnerte mich während der Zugfahrt an dieses Gespräch, das ich an jenem Abend mit Ina hatte; denn vor mir, im Abteil, saß ein Kind, das bat seine Mutter um einen Löffel Marmelade. Ich dachte an Gustav, den ich nie kennengelernt habe, an Inas Gustav.

nachts schliefen wir an leuchtstoff
an röhren den kopf schief an
gelehnt u. dann irgendwer (u. irgendwann)
griff in die fassung
oder hing am heizkörper dran

Ina sagte an diesem Abend: Du kennst die Zeilen, ich habe sie dir vorgelesen, sie sind Gustav gewidmet. Er hat mir das Schreiben, auch das Lesen hat er mir beigebracht, noch bevor ich die Fahne schwingen durfte, noch bevor man mir den Hintern versohlte, weil ich all das übernommen hatte, was ich aus Gustavs Mund aufgeschnappt hatte. Da war das Wort: Republikflucht. Auch das Wort: Stasischwein. Und nicht zu vergessen das Wort: Freiheit. Und ich kramte all das aus einem Winkel meines Gedächtnisses hervor, während das Kind ein Marmeladenglas aus dem Gepäck hervorholte, die Mutter es öffnete und dem Kind einen Plastiklöffel reichte und sagte: Er hat noch nie Schokolade gemocht, immer nur Marmelade, und immer nur diese, Waldfrucht von Schwartau. Man stelle sich das einmal vor. Von wem er das nur hat? So ein Kind führt schon früh ein Eigenleben. Soll man mir mal erzählen, daß man da soviel Einfluß hat als Erziehungsinstanz. Und ich erinnerte, wie Ina gesagt hatte: Gustav hat alle Marmeladen gemocht, am liebsten die selbstgemachten mit Eierlikör, die kamen aus dem Westen von seiner Tante, dreimal im Jahr, zu Gustavs Geburtstag, zu Ostern und zu Weihnachten. Und ich erinnerte, wie meine Großmutter, die verstorbene, in Breslau beerdigte, einmal im Jahr ein Päckchen schickte, nach drüben rüber, wie es hieß, dorthin, wo sie alle arm sind, so arm wie in Afrika. Und ich sagte, Ina, stell dir vor, ich dachte tatsächlich, all jene hinter der Mauer sind schwarz, dunkelhäutig. Auf welchen ungekochten Eiern man so herumgeistert, sagte Ina. Und dann wurde sie ernst. Weißt du, sagte sie, Gustav hat es geschafft über die Mauer. Aber Henry blieb zurück, und verhört haben sie ihn, nicht nur einmal, drei Monate lang. Irgendwann bekam Gustav eine Nachricht, in der stand, daß Henry mit einem Strick um den Hals in seiner Wohnung gefunden wurde. Und wir bekamen die Nachricht von Gustav. Woher er die Nachricht hatte, weiß ich nicht, das weiß ich bis heute nicht, auch nicht, wie Henry verhört wurde. Es war eine Stimmung zu Hause bei uns, sagte Ina, zum Steineerweichen schaurig, und wir waren Nachbarn von Gustav und von Henry, und die Nachbarn wurden beäugt, und niemand wußte, und niemand sah, und niemand kannte, und niemand schrie, und niemand blieb, niemand. Und alles wurde fremd, und am Ende schlief man wieder, und ich schlafe immer noch, obwohl das alles nichts mit meiner Müdigkeit zu tun hat. Ich bin immer schon ein müder Fall. Und sie sagte, grinsend sagte sie es: Ein müder Fall, ob mit oder ohne Vergangenheit.

Und du, Bayerisches?

Hängst Uhren auf, wie sie immer schon hingen, schön sauber über der Küchentür. Uhren mit großem Zifferblatt. Daß man sie auch ja nicht vergißt, die Zeit.

Wer zu spät kommt, den bestraft das Leben.

Und wer zu früh kommt, der ist noch gar nicht da.

An diesem Ort, Via, sagte Ina an diesem Abend, beäugt man sich auch, und er liegt nicht hinter einer Mauer.

Aber vor einer Bergwand, sagte ich.

Wie nur soll man etwas abschließen, einen Menschen hinter sich lassen, ihn verarbeiten, einen Trauerfall, wie Brigitte es genannt hätte, eine Arbeit also, an einem Fall. Eine Fallarbeit, die Trauer, dachte ich nun, aus dem Fenster blickend und wahrnehmend: auf- und absteigende Linien von Drähten und Böschungen, ein plötzliches Eindringen eines Baumes ins Fenster, eines Pfostens, eines Bahnwärterhäuschens, das also rasche Vorbeiziehen aller Dinge, das Entgleiten. Wie soll man abschließen, wenn man nichts weiter hat als sich selbst, fiel mir dann jene Zeile ein, die ich irgendwo vor Wochen niedergeschrieben hatte und die auf einem Papier stand, das in einem Stapel auf dem Parkett im Haus lag, in der Nähe eines Dorfes, das ausgestorben, versteinert war. – Nichts weiter haben als sich selbst – und einen Menschheitsüberwurf. Ich sah das Kind an und die Mutter, dachte wieder: Mutterüberwurf. Ina ein Kind. Ina hinter einer Wand.

Stieg dann in München aus dem Zug. Erinnerte: Rheinstraße. Dort hatte sich Inas Mutter niedergelassen; ein Neuanfang. Erinnerte den Tag der Beerdigung, ihre Worte: Jetzt habe ich den Umzug hinter mir nach Bayern, und weit ist es nicht von München nach Garmisch und in euer Dorf, und jetzt ist meine Tochter weg. Erinnerte eine lang anhaltende Träne, einen Schrei, eine Entschuldigung vor dem Pfarrer. Und dies: Ich habe mich zuwenig gekümmert. Ich heiße mich schuldig. Und der Pfarrer: Niemand trägt Schuld an einem Tod. Gott hat Ihre Tochter zu sich geholt, und Gott gibt sie Ihnen wieder, wenn Sie bereit sind. Erinnerte: Mich. Reden Sie bitte nicht so einen Unsinn. Diese Frau glaubt nicht an Ihren Gott. Diese Frau und Mutter ist Kommunistin; ich flehe Sie an, sagte ich in die Leichenschmausrunde hinein. Und der Pfarrer: Lasset uns beten.

Das Gebet trug die Trauernden.

Auch darüber dachte ich erneut und zum wiederholten Mal nach.

Eine Maria. Eine Gebenedeite. Lobgepriesen. Ein Vaterunser. Eine Fürbitte. Dachte an ein buddhistisches Mantra.

Und die Töne ändern sich. Will einmal aus einer ganz anderen Perspektive weiterschreiten, über die Köpfe hinwegsegeln, Ina!

Deine Mutter. Das war es; dann fiel mir ein: einen Brief schreiben, eine Mail verfassen. Stellte mir vor, Ina wäre auf der anderen Seite des Ozeans, dachte, die Rheinstraße rauflaufend bis Hausnummer hundertzwei, daß ich etwas Verbotenes tat, tun würde, in Inas Mutterhaus eindringen, nach einem Merkmal Ausschau halten, das mir bestätigen könnte, daß Ina außerhalb von uns, von mir, war, daß sie geschnauft hat.

Habe dann also geklingelt.

Die Stimme deiner Mutter durch die Sprechanlage vernommen.

Ich sagte: Ich bin's, die Via.

Deine Mutter öffnete mir die Tür, Ina, und wir sahen uns erst eine Weile an, so als stünden zwei heilige Geister voreinander; bis ich sagte: Entschuldigen Sie die Störung. Sie bat mich, die Schuhe auszuziehen. Im Wohnzimmer lagen ein Teppich aus Kaschmir und zwei Sitzkissen, dazwischen ein kleiner, gedeckter Tisch. Es sah alles sehr unbenutzt aus, ordentlich, fast museal. Es ist Kaffeezeit, sagte sie. Ich wollte nicht lange drum herumreden. Ich sagte: Leider haben wir uns nie gesprochen. Es gibt nicht viel über mich zu berichten, sagte sie, ich habe meine Pflicht erfüllt, gekocht, gewaschen, bei der Post gearbeitet. Ich bin die falsche Adresse, um dich zu beruhigen. Ich sage immer, was du zu Lebzeiten als unwichtig empfindest, ist darüber hinaus auch nicht wichtig. Und weißt du, ich habe schon seit langem ein neues Leben angefangen. Wenn ich das hinter mir Liegende berichten wollte, würde ich es rundlügen. Ich könnte dir alles erzählen, du müßtest es glauben, du könntest es nicht überprüfen. So gesehen, verzeih, wenn ich also nichts zu berichten weiß.

Sie lächelte, Ina, einer Madonna gleich. Dachte an den Schrei, den sie nach deiner Beerdigung ausgestoßen hatte, konzentrierte mich dann anderweitig. Die Hände? Die Ohren? Wollte sagen: Ziehen Sie sich bitte aus. Ein Muttermal wird es geben, das ich erkennen würde. Eines in der Leistengegend. Schwarz, hervorstehend. Die Augenstellung. Die

Stirn. Die Nase. Der Mund. Lippen. Voll. Die Zähne. Bitte öffnen Sie Ihren Mund. Hineinsehen wollte ich. Einen Backenzahn inspizieren.

Ich schnüffelte herum, suchte einen Hinweis, zu dir hin, fand aber nichts, kein Bild aus deiner Kindheit, auch keines aus deiner Jugend, nichts, das mir vertraut hätte sein können. In deinem Mutterhaus gab es nichts, keine Spur, die ich hätte aufnehmen können, um dich aufzuspüren.

Wie leben Sie heute? fragte ich schließlich.

Ich bin Schmuckverkäuferin.

Ich liebe Bernstein.

Ich stelle mich der Konkurrenz in diesem Land.

Ich möchte reich sein.

Bayerns Landschaft ist ansprechend.

Ich lebe konservativ.

Könnten Sie etwas genauer sein, bat ich sie, Sie erinnern mich ein wenig an eine Freundin aus Coburg. Ich verstehe nicht, was Sie mir mitteilen wollen.

Ich habe keine Ideale.

Liebe Ina, dann überlegte ich, ob ich über Gustav sprechen sollte, und ich sagte:

nachts schliefen wir an leuchtstoff
an röhren den kopf schief an
gelehnt u. dann irgendwer (u. irgendwann)
griff in die fassung
oder hing am heizkörper dran

Hör auf, befahl sie, damit habe ich nichts zu tun.

Etwas hatte ich überführt, so kam es mir vor. Da saß sie, deine Mutter, Ina, auf einem Sitzkissen, im Schneidersitz, mit geradem Rücken und ruhiger, erstarrter Miene, so als säße sie in einem Verhör, und ich ihr gegenüber, nicht im Schneidersitz und mit ganz und gar nicht geradem Rücken.

Sie haben mitgeflüstert, sagte ich. Gustav und Henry. Sie erinnern sich? Gustav, der so gerne Marmelade aß.

Und dann, liebe Ina, kann ich dir leider nichts anderes mitteilen als jene Bemerkungen: Du seist feindselig gewesen. Und haben hat sie dich von Anfang an nicht wollen, und dein Vater sei ein ebensolcher Lügner gewesen, wie du einer warst. Um die Wette hättet ihr gelogen. Die eine schlimmer als der andere.

Ich wollte eine Stimme für dich erheben.

Und da sagte ich: Ina war viel zu müde, um zu lügen. Ein Lügner will seinen Arsch retten, sagte ich. Ich sagte, Arsch, Ina, nicht Hintern. Arsch klang einladender für ein Gefecht, zu dem ich mich herausgefordert fühlte. Ein Lügner strotzt vor Vitalität. Ina aber war ein müder Fall.

Sagte ich.

Minuten vergingen.

Ich dachte wieder: Wo Wahrheit glaubt, was Wahrheit ist...

Könnten Sie mir nicht etwas Nettes auf den Weg mitgeben? bat ich deine Mutter.

Die Akte ist geschlossen, sagte sie, ich habe dir nichts weiter zu sagen.

Dann kam Stille auf. Ich sah über ihren Kopf hinweg durchs Fenster. Und deine Mutter, Ina, sie lächelte.

Das Lächeln nahm ich mit. Würde sagen: Ina, das, also dies Lächeln, gab mir deine Mutter mit auf den Weg, ohne weitere Anmerkung, ohne Lebewohl. Es war ein schweigsames, ein bedauerndes Lächeln. So stand ich dann wieder auf der Rheinstraße, in den Himmel glotzend, mit dem Wunsch, es gebe sie, diese, deine, also Inas, herabgestürzte Engel. Habe mir gewünscht, wir hätten doch einmal eine wirkliche Revolution angezettelt, in der Münder, Ohren, Akten aufgerissen und nie mehr geschlossen worden wären. Aber da hättest du, da hätte Ina den Engeln die Flügel abreißen und, wenn nicht dies, dann doch sich selbst ein Beweis sein müssen. Sich zum Zeugen machen. Position beziehen. Mütter anklagen. Väter. All jene, die es gut meinten, es besser zu machen glaubten, als es die Generationen vor ihnen getan hatten. Ich dachte an meine Mutter, an ihr Gutmenschentum, das während meiner Kindheit so schwer zu entschlüsseln war. Wo sind sie, die Motive, die einen Menschen zu einer Handlung bewegen? Warum schleichen Generationen umeinander herum, ängstigen sich, eine vor der anderen, scheuen Fragen, auch Antworten, halten sich gegenseitig für unzurechnungsfähig oder gar gemeingefährlich oder, im harmlosesten Fall, für naiv? Bewegt der Ort den Menschen, oder bewegt der Mensch den Ort? Oder sprechen wir ganz einfach über die Umstände. Meine Umstände, so hört man, waren nicht die günstigsten ... habe in einem System gelebt, das ich nicht mochte und das mich nicht mochte ... es blieb mir nur dies oder jenes ... Ich habe es erkannt, doch nicht begriffen ... Ich erkenne, bekenne aber nicht ... Ich ruhe, also bin ich. Ich möchte nicht mehr gehetzt sein, möchte einen Ausschaltknopf finden, der heißt: Ist gut jetzt.

Aber zuallererst werde ich in ein paar Wochen ins Stubaital reisen. Meiner Mutter einen Auftrag erteilen, der heißen wird: Mund zu! Sie nämlich sperrt ihren Mund immer ein Stück zu weit auf, im Gegensatz zu Inas Mutter. Dann werde ich sprechen, laut und deutlich, in einer Sprache, die auch meine Mutter versteht.

Haben wir alles versäumt, Ina. Die Anklagen, gegebenenfalls auch die Versöhnungen.

Und nun suchte ich, am Marienplatz stehend, nach einem messerscharfen Argument, noch einmal umzukehren, über den Odeonsplatz hinauf, die Leopoldstraße entlang, in die Rheinstraße. Noch einmal klingeln, dachte ich. Ein zweiter Versuch. Sagen: Ich werde nicht mehr zurückkehren nach Bergwald. Fragen: Wie finden Sie das? Sagen: Akten werden nicht geschlossen, solange es jemanden gibt, der sie lesen will. Könnte sagen: Notizen wären da noch, Aufzeichnungen, Stimmungseindrücke. Sie liegen auf dem Parkett im Haus, gestapelt, ordentlich mit Datum versehen. Inas Arbeit. Ich habe sie studiert. Habe mich orientiert. Einen Trost gesucht. Lebendiges gefunden. Ein kleiner Hohlmuskel über einer Magengrube. Dann wären da noch ... Die Katzen wären noch. Und der Kater. Inas Kater. Sie müssen versorgt werden; ja, auch das wäre noch zu sagen, wenn ich ein zweites Mal klingelte. Sagen: Ich werde nicht mehr zurückkehren. Hatte ich nun beschlossen, denn irgend etwas war dann doch vom Himmel gefallen, ein Ruf, ein Aufatmen, eine Gewißheit, Bergwald hinter mir zu lassen. Ich würde erklären, verkünden würde ich, daß ich mich um kein Grab, um keine Gräber kümmern kann, daß ich mich selbst eigens herausschaufeln muß aus den Gräbern, aus Inas – und dem Kapellenhügel da in Bergwald, daß ich mich zu jung fühle, noch. Erstmalig herausgewachsen bin ich aus der Kindheit, so kommt es mir vor; müßte hinzufügen, daß ich also einen Neubeginn starten werde. Die Bar, würde ich zu ihr sagen, können Sie haben, auch das Haus. Die Erstarrten würden irgendwann auferstehen. Den Hans-Peter grüßen. Auch den Hans-Dieter. Werner den Hintern versohlen, bis er schreit. Oder Sie machen alles bereit, bereit zum Verkauf ... Sie können sich einen Flüchtling nennen, würde ich sagen, einen Flüchtling hin zu nicht weg von. Zu einem Mutterzutochterflüchtlingshaus können Sie sich machen, eine Akte öffnen, eine Weile auf einem Campingstuhl Platz nehmen, an einem Grab, und lauschen. Sie werden sich durchtrocknen, wie vor einem Hochofen sitzend, in dem ein sausendes Feuer brennt.

Vielleicht würde mir ganz spontan doch noch eine Erinnerung einfallen beim wiederholten Klingeln. Weil es immer an das Erinnern geht beim zweimaligen Anklopfen an eine Tür. Diesmal einen Kuchen in der Hand haltend, da bin ich noch einmal sagen, meine Gefühlsverfassung ist geordnet; ich würde zwar gerne ein Muttermal inspizieren, vielleicht eines in der Leistengegend, aber es muß nicht sein. Richten Sie eine Frage an mich, die Sie interessiert. Wir könnten beispielsweise über den Kapitalismus sprechen. Ich erinnere Ihr Lächeln von vorhin, und ich dachte, vielleicht sind Sie bereit, einen Zukunftsblick zu wagen. Wir müssen nicht in die Vergangenheit huschen wie zwei schreckhafte Hasen. Würde sagen, Ina war festgefroren an Tastaturen, wortgewaltig, immer mit Blick nach hinten, nie nach vorn. Und schließlich sind die Menschen so: Wenn sie miteinander sind, wollen sie ihre Ruhe, wenn sie ihre Ruhe haben, wollen sie in den Lärm. Dann stolpere ich jetzt mit geordneter Gefühlsverfassung von dem einen ins andere; bis dann doch, beim zweitmaligen Klingeln, eine Bemerkung an mich gerichtet wird, eine Frage, die lautet, so stellte ich mir vor, schon beinah wieder in die Rheinstraße biegend: Sie war doch glücklich, nicht wahr? Einen Moment lang vielleicht, würde ich sagen, jenen Moment, der sie hat aufschrecken lassen.

Ich würde die Schlüssel bereitlegen. Einen für das Haus. Einen für die Bar. Mit der Gewißheit, daß die Schlüssel nicht gebraucht würden. Vielleicht werden sie in einer Schatulle verrosten.

Ich habe es nicht getan und es doch getan. Ich habe die Schlüssel in ihren Postkasten geworfen. Ohne ein zweites Mal zu klingeln.

Sie werden dort viel Ruhe finden, in Bergwald, hatte ich unsinnigerweise, wohl nur, um mich freizusprechen, als Nachricht auf einen Zettel geschrieben. Denn auch das war nun klar: Ich wollte mich aufmachen, etwas abschließen, beenden, für lange oder gar für immer. Vermutlich ist es schaurig still, hatte ich noch geschrieben. Und weiter: Lassen Sie dem Kater Zeit; er wird sich an Sie gewöhnen. Sein Fell glänzt, wenn Sie es bürsten; Ina hat das einmal am Tag getan.

Die Entstehung dieses Werks wurde durch ein Stipendium der Kulturstiftung des Freistaates Sachsen ermöglicht.

Ich danke Katja Lange-Müller für ihre Geduld und ihr präzises Lektorat, der Villa Concordia in Bamberg für den idyllischen Aufenthalt im Jahr 2007.

Die Gedichte und Aufzeichnungen Bea Hausteins, die in diesem Roman abgedruckt sind, erscheinen mit freundlicher Genehmigung von Andora Haustein.

Sie wurden das erste Mal veröffentlicht unter dem Titel «Milch» in der Edition Solitude, 2003.